凡尘微光

过德文 著

南方出版社·海口

自序

距离很短

路却很长很长

巴掌大的地方

小雨在金黄色的地面上

闪闪发光

……

广告牌换了又换

目光却始终

跟着色彩、潮流、时尚

在奔跑

很幸运在这走过

见证了很多很多

回头看看

脚印已湮没在人潮

——从这头到那头

从忙碌的工作中退出来，眼前的世界突然被现实和理智、情感和麻木的亮光相互照着。突然感到空虚和不自在，好像过去的一切都是那么行色匆匆，没有认真过，没有沉淀过；又好像积压了多年的情感，需要找一种方式去倾诉、表达和释放。忽然又感到一切都释然了、看懂了。往事似乎历历在目，我与它们互不相欠，但我还是愧疚，好像我欠生活的比生活欠我的要多。

对文字的兴趣，发生在我还是懵懂少年之时。我出生在一个非常朴素的穷乡村，记得小时候家里住了一个从城里来的知青，每当夜幕临近时，她就绘声绘色地给我讲故事，讲外面的世界。从此，这些好奇的故事在我的内心世界播下了文学的种子。

说起写诗，你一定认为这是件很浪漫、很时髦的事，阳光、沙滩、风花、雪月、云彩和星空，无不让人充满遐想，无不让人流连忘返。这些学生时代的想法或者冲动，现在看来，更多的是青涩和幼稚。比如，还是学生时，第一次到岳阳楼，写下了："晨光里／风吹过／是哪个调皮的孩子／在偌大的湖面上乱写乱画？"

余秋雨曾说过："真正的诗意是在老年，因为他一切追求都追求过了，一切目标都已经失去，剩下的就是像诗歌一般过日子。他拥有长天白云，拥有没有实际目的的美好晚年，能够安静地过日子，这就是诗啊。"

时光过得真快，从农村走出，在城市的街道行走了四十多年。一放下繁忙的工作，便来了灵感，严格来说，不仅仅是灵感，更多的是对人生的反思，对灵魂深处的触碰。忽然感觉散落在时光里的生命碎片从故乡的田野、从流淌的河水、从城市的某个角落、从海边、从云彩里、从花草丛中、从堆满灰尘的抽屉、从每次旅行的途中、从某个人的笑容、从四面八方汇集。一种冲动，一个声音，一幅画，无不在跳跃，于是我将其慢慢地拾起，集成诗行。

所以我感谢诗歌又能来到我的生命之中，呈现我，或者隐匿我，我对写作带来的孤独和富有心存感激，生命不可以独行，而诗歌可以让我在常怀感恩之心中获得满足。

我自认我的文学功底并不深，我的世界并不精彩，凡尘微光下，思想有点贫乏，审美情趣也不丰富，在人生观、世界观和审美观上并没有系统的、独到的见解，我只想把写诗作为碎片化生活的表达。带着诗意去远方，让自己在精神上、思想上和情绪上获得内在的自我满足，是多么惬意的事。诗歌，俨然成了一种能让我的内心获得平静的分行文字。这还得感谢万宁主席的鼓励和引路，感谢朋友圈和美篇里的友人们，特别是吾道读书协会，每每写了点东西就发朋友圈或美篇，是你们诚挚的点赞和好评，或者深情诵读，给了我感动和信心，是你们的共鸣，让我得以进入更加诗意的生活空间。

于是，我把写诗当作一种生活态度，也可以说将其当作一种对人生的反省、感悟和修行。因此，诗歌于我，也是生活，是行吟的生活。

> 所有的坦诚都会被公正对待
>
> 所有的卑微都是无罪的
>
> 都可以被赞美，你知道
>
> 所有的故事都会在深秋泛黄
>
> 无关乎爱恨和离愁
>
> ——人间四月天

活在人世间，就要保持对生活的热爱。生活是自己的，你觉得它有趣，它就会变得有趣，取决于你站在哪个角度看待它。在我们感到迷茫、困惑的时候，就出去走走，有个词语叫走运，只有走出去才会交好运。只有在行走中，我才会抛开理性的思维逻辑，这漫山遍野的草木都充满灵性，或悲或喜，而我就在它们之中感受着世间的美好。我的诗歌大多是走出去找到的灵感而完成的。

比如在苏州，水做的城。一城、一水、一亭、一阁都被赋予思想和意义。人世间值得的东西还有很多，不要让不好的事物影响了自己的情绪，争做一个乐观向上的人，给身边的人传递正能量。

每个人眼里看到的，都是自己对世界的理解。如《在酒仙湖游泳》："我告诉自己／这湖面太大，水太深／我弄不清它的真相。"而这世界没有真相，只有视角。

生命是由无数个碎片组成。生活的点点滴滴、季节变换，都可以成为完整的、安静的、快乐的、阳光的诗歌。我从来不想诗歌应该写什么、怎么写，当我在某个时候有所触动、有所感悟时，我的诗歌就出来了。比如，在七月的骤雨里，感慨："一座烤热了的城市 / 需要用一场骤雨 / 去掩盖命运的卑鄙和粗糙"（《一场骤雨》）。比如在镜子前，"一次又一次，叫不应镜中的我 / 镜后，是闪烁的星辰"（《镜子面前》）；秋风起，在一片落叶面前，我知道有些东西我们必须放弃，在岁月的长河里，我们终将与这个世界握手言和。比如，徒步中，除了行走还是行走。"一会儿与草木为伍 / 一会儿与遍地的碎石交恶"（《徒步吧2019》）；人生就是一趟长途旅行。人在旅途中，舍近求远是人的天性，身不由己是现实的无奈，而暗暗算计着行程又让人徒增无聊。比如在青龙湾，"当阳光和春风醒来时 / 一朵在斗笠山山坡上绽放的野花 / 会撞破空气，撞破 / 被细雨冲洗至透明的岁月"（《春天里，我站在青龙湾》）；在温泉池里，让精神和灵魂一起浸泡。在去西藏的路上，望着这山更比那山高，我深信那些金钱、权力、地位，甚至理想、信念，是多么渺小，风压住雪，山重复着山，取一滴纳木措的湖水喂养灵魂，我不知道自己的身上带来了多少灰尘。

在快节奏的当下，我们早已习惯了遇见和疏远，习惯了人世的凉薄，也容易忽略人性的温暖。其实人间的冷暖一直都在。人际关系的最佳模式，是既不过度索取，也不过分独立，而是相互欠情。毕竟，这世间所有的感情，都需要双向流动。人生旅途上，走着走着你就会发现，芸芸众生里，没有那么多志同道合，最后留在身边的都是趣味相投、灵魂相伴，并且有故事的少数几个人。哪怕身边只有几个人也会让我感到开心和满足。所以，人在中年，让我懂得了更应珍惜身边的友情和亲情，相互帮助，收获幸福。

光和黑暗相互交织着，才构成了生命的全部。这世界，光和黑夜，犹如现实和虚空，都不可或缺。在光的世界里，我们挣扎；在黑暗的世界里，我们可以天马行空。我渴望黑夜，也渴望光。黑暗里，每个人都必须自带一束光。

人们往往喜欢拿自己吃过的苦，走过的艰辛的路来炫耀或者教育人。天无边，地无涯，尘世辽阔，每个人都走在路上，扮演着他人眼中无解的过客。都说人生如梦，这是一种颓废、一种消极，其实，如果能入得其内，出得其外，就算真是梦又何妨？唯有当下，把酒言欢，推杯送盏也行，素心煮茶，闻香识茗也行。邀几个好友，可以畅所欲言，也可以沉默以对，这才是人生最幸福的时刻。人间，最真实的生活，是活成自己喜欢的样子，而不是活出别人的期待；真正的幸福，是养自己的心，而非别人的眼。

　　写诗不是故弄玄虚，无中生有。哲学也没有那么深奥，简单就是道理，日常琐碎就是人生。诗歌并不是高大上的存在，而是在一叶一草、一花一木的卑微里感悟荣光。华丽的文字堆积不起一首好诗，真情告白才会是内心世界的表达。这些年，对许多事情不再苛刻、计较、纠结，不再追求完美，不再被一件杂芜的琐事困扰。写诗是一回事，美德又是另一回事，良知并非良心，道理无论多么深刻，都无法抑制人的天性。

　　茶，是中华文化，加点沸水就能泡出故事；人，是情感动物，心心相印，就能碰出火花。人过中年，让茶赋予情感，和喜欢的人在一起烹雪煮茶，然后谈谈人生经历，这是多么令人向往而奢侈的场景。每个人都是空虚、孤独、寂寞的，渴望寻求高尚的灵魂抵达自己的内心，人性和情感又都是非常脆弱的，在没有返程的旅途上，一直在寻找情感的依赖或共鸣，这就叫精神相伴。相互欣赏，就会相互吸引，无关乎性，无关乎爱情，无关乎道德。相信一切是缘，或许，世间没有两个完全契合的灵魂，但可以有彼此细心的精神照料。所有的好，都需要我们用心珍惜，这取决于我们对生活的态度。两情相悦，幸福快乐多一点，比什么都重要。你给的小雨伞，"我把它举过头顶／不去望天／不去望伞外的那片云彩／伞下的世界／我感觉小了很多／小得那么温暖、满足、自在"（《小雨伞》）。

　　来到这个世界，每个人都有一个出生地，那就是故乡。四十年前，为了逃离故乡，漂泊异乡，如今才知道故乡才是安放灵魂的地方，是值得永远敬畏、信赖和倾诉的地方。我常常忍着泪水怀念我的父亲，常常陪着母亲听她唠叨左邻右舍的好。"老屋已老，像喝醉了／沉默隐忍，似睡非睡／身体里的裂痕，在时光深处／长出了惆怅的野草"（《回乡过年》）。每年清明节和中元节我都要回故乡，故乡已成了我祭祀的地方，烛光和香火敬畏生，也敬畏死。生活在感恩的世界里，人生才会有意义。亲情是一条割不断的红绳。古人说："冬温夏清，晨昏定省"，能对父母早晚关怀问候，是人间最幸福、最温馨的乐事。回不去了，故乡和他乡，我们注定都是客。

一江两岸，从徐家桥到清水塘，是两个地名，一头是拥挤的街道，一头是高耸的烟囱，它们编织着这个城市的前世今生；芦淞服饰城里，时尚，不被定义；城市的阳台上，有人晾晒青春，有人举起高脚杯，有人在贩卖抖音。在一江两岸，"流水永远中立，洗涤着／这个城市的善与恶"（《一江两岸》）。这个小城，我生活了四十年，见证了它的变迁甚至野蛮成长，也见证了它的高光时刻。有时候想，不要发展得太快，生活在这样不大不小的城市，幸福指数才会高：不为高房价发愁，不为出门就堵车发愁。就算要赴一场临时的约会，第一时间就能到达，方便就是幸福。

不到大西北走一走，不知道祖国的辽阔。在沙漠和戈壁滩上行走，是人生最好的修行。我们每个人都有行走过自己的沙漠和戈壁滩的经历，不是吗？我们在极端环境下也能保护好圣洁的灵魂，才能彰显一个人浸到骨子里的正直和善良。即使变成石头，在戈壁滩中央，我们也要发光，发出声响。你是怎么走过你的沙漠和戈壁滩的呢？一切都是最好的安排。攀爬中的、台阶上的都不容易。在西湖边，我豪言壮语地说我也是西湖的景。

岁月总是倏忽而过，匆忙得让人惆怅，卑微得让人找不到自信。岁月会掏空记忆吗？一时，一刻，一分，一秒。走在钟表店里，如果时间能够售卖，多好。

古人云诗言志，一点没错。我总想虚掩自己，把积极、阳光的一面示众，可是在诗歌里总能找到生活的阴影。我只是芸芸众生中的一个凡夫俗子。既不敢以诗人自诩，也不敢妄称文人骚客。听过李少君的一次讲座，人诗互证，他旁征博引只为证明：因为人，诗才成立。彼刻，我终于明白：诗，不可能是别人，只能是自己，只能是自己的生活体验，是生命最逼真的画像。在某种程度上，诗人是赤裸裸的。"面向太阳，黑暗才在身后／时间才是他们的遮羞布……空无被切割成两个世界／一面作古，一面做今"（《给李少君》）。

一点不错，写诗必然会触碰灵魂深处的东西，凡尘微光下，我们有太多的委屈和不甘，也曾错过雨季和花期，写诗，是一种自我教化和救赎。

每个人都有两个我，一个是真实的我，在好奇心和虚荣心，以及占有欲的驱使下，不断地满足自己物质和精神上的需求；一个是别人眼中的我，总是在审视和贬损下忐忑着。人生，多么大的课题，多么琐碎的悲欢。每条路都有人走过，重复并非耻辱。我刚刚看到的前人的颓废，已经成为我的画像。我必须时刻提防偶然。我的人生最终将由他人说出，正如我所说的都是他人的故事。

"人生的意义在于承担人生无意义的勇气"对此我的理解是：相对于苍茫宇宙，我们只是一粒微不足道的尘埃，绝大多数的人要在社会的已经成熟的生活模式里生活，比如日常的柴米油盐、生老病死、悲欢离合。这日复一日的环境会让人觉得没有意义，可人生的意义就是接受自己生活在没有意义的日常中，乐观积极地探索其他的可能。生命应是件郑重其事的事情／除了阳光、空气、雨水／以及食物和性／其他的一切／都是套在生命上的枷锁／包括金钱、权力，甚至思想／我喜欢生命本来的样子（《我喜欢生命本来的样子》）。正如罗曼·罗兰所说："世界上只有一种英雄主义，那就是在认清生活的真相之后依然热爱生活。"

尼采曾说："对待生命，你不妨大胆一点，因为我们终将失去它。"人生只有一次，喜欢的就去追，想做的就去做，活成自己喜欢的样子，让心中的火焰燃烧吧！人生的意义是什么？我会告诉你我不去问它的意义，当下，就是最美好的时光，善待自己，尽管我们只是微光里的一粒凡尘。

我是谁？法国作家辛涅科尔曾说："对于宇宙，我微不足道，但对于我自己，我就是一切。"在人类的悲欢离合中，我只是一个偶然的存在，正如小时候做的拼图游戏。"人生的无数碎片／是不是也被人／早早设定好／你只是这世界的一场游戏"（《拼图游戏》）。如果说世界就是一个舞台，那么舞台上，人人都戴着面具，悦人难，悦己更难。

我认为我的诗歌的格局和境界并不是很高，也不能站在时代的潮头上呐喊，但我也决不在自己的世界里悲悯人生或者怨天尤人。作为诗歌写作者，我是一个写实者，喜欢怀着分享的心情去写诗，没有晦涩难懂的意境和华丽的辞藻，力求让读者能看到自己的影子，并产生共鸣。我总喜欢在身边的小事中去感恩和热爱这世界的善良、阳光，去思考人性的哲理和时间的虚无，在这些诗中我写下时间和生命，也写下感恩，写下疼痛，写下愧疚。

编辑诗集时，恍如面对生命里无法言传的召唤，是触碰灵魂深处隐而不见的初心，是素朴微光的深思，是生命本性的觉悟。诗人是赤裸裸的。诗歌里，我又一次看到自己，审视自己，这些诗是写给自己看的，是写给不写诗的你看的。希望全世界的人都知道我们，哪怕那时我们已经不在世，"时代呼唤伟大，伟大的诗人往往在时代之后"。

一觉醒来，又一秋，时光深处，"我不去高估与草木的关系／也不去纠结何处才是归宿"（《秋风起，落叶从容淡定》）。午后的阳光有些慵懒，站在往日的坡岸上，任流水把不明真相的落花送走，远山、近水、蜂蝶、炊烟，我并不想赋予它们意义，只要有风吹过。纸上的文字依旧安静，它们并未躁动不安，自乱阵脚。偷听的风告诉你，让故事回到最初，让莫名的忧伤再长一点。白鹭想飞就飞，想停就停，田野和山林之间没有禁区。让时光慢下来，走出去，继续融入熟悉的街道和人群。我知道，那不是开始，而是告别。

人生匆忙，无须杞人忧天。时间永恒，生命轮回。谈论明天，我完全不能预知。写什么，怎么写，请不要对我太苛刻，更多的时候我只想倾听，倾听你的声音，或者聆听自己的心声。我深信遇见的一切都会与我有关，我会好好地写诗，好好地生活。"其实一滴雨水／就能装满欲望的小茶杯／中年困惑，总觉得有话要说／目及的世界又是那么熙来攘往"（《五十三岁生日》）。这就是世界的真相和我的知足常乐。

在生活的琐碎中找到乐趣，珍惜当下，随遇而安，让心灵在宁静中得到滋养和满足。这就是诗意的生活。"人生最美是遇见。"在诗集里，你遇见我，我遇见你，便是编辑这本诗集的初心。

目 录

第八辑　回不去的故乡

第九辑　一只脚光着

第十辑　光和黑夜

第十一辑　小雨伞

第十二辑　诗意行走

第十三辑　龙凤庵——起风的地方

时光深处

抬眼望去，霜叶红了

稍一触碰，故事就掉落一地

我默不作声，与秋色对饮

日子在茶杯里一层层展开

时光脆弱，心思厚重

今日立春

风从垄上吹过来
几声鸟语唱着悦耳的序曲
新鲜的空气里
充满了具有生命力的呼吸

请给我一匹骏马
我要在浩荡的春风里
自由驰骋
用奋起的蹄足
去唤醒沉睡已久
的积雪，还有草木

请给我一双翅膀
我要在一场撕裂的雨中
穿越时空的风口
用疾驰的欲望
去拥抱自信的阳光
和百花齐放

请给我你能给的
山水、草木、五谷、炊烟
还有潮湿的眼睛

和晶莹的露珠

我要用浮生去喂养

浮生的模样

花开了，在春风里

是天上飞过来的天使
还是地里冒出来的音符
是蝴蝶在枯枝上织的锦缎
还是蜂群喂养的私蜜
花开了，在春风里

此刻，一切都已睡醒
我的溢美之辞一定能让你
脆弱的情感显出温柔
绽放的生命会更加坚定
幸福的枝头结出更甜的果
没有我的赞美
再美的花期也会毫无意义
聆听吧，春风会解风情

种下我的冰糖柑

跟随晨光的指引，果园里

在挖好的洞内施一些有机肥

用心，种下我的冰糖柑

培上土，绑一根小棍子扶着小苗

小心翼翼地浇点水，然后

许个平凡的心愿

刚刚好，你看

疼痛的枝丫上，每片叶片

都朝着光的方向。美好的期盼里

远处是诗意，近处是春风和着细雨

你听，春天在不远处呢喃

就连风都是好甜的味道

天空中的小鸟，脚下的云彩

袅袅炊烟，一切都是这么欢快

让时间去面壁吧，相信明天

愿生活始终留一抹微笑、清香

以及丝丝念想……

春天是治愈伤痛的良药

不再藏着掖着了

大地赤裸

草木袒露了一切

阳光柔软，山色空蒙

养心，养眼，养人

涧水捎带心事漫溢田间

春风吹过往日的时光

这个村庄

再也没有什么秘密可言

该开的花会开

记忆的老地方

会慢慢吐出一片片新叶

该叫的青蛙都会叫

蚊虫蜂蝶也会往前凑一凑

人间本是一场拥挤的盛宴

无需请柬

春天是治愈伤口的良药

不必虚张声势

这个春天，我在龙凤庵

哪里都不去了

我已是春天的人了

我就喜欢这样坦诚相待

我只是想在这个村庄

淋一场没有征兆的春雨

我相信

春宵短暂

不是所有的种子都会发芽

不是所有的花都能结果

但我还是要赞美这些绽放的春光

也想和你一起听听

从新生的叶片上滑落的雨声

春，在涌动

坡岸上，阳光总是让人喜欢

年味慢慢地被流水冲淡

横枝斜影，一枝风情

春，在涌动

我的山水，我的城市

我用目光写意世间烟火

看见的都是一派祥和

谁在唤醒风铃的尘梦

清晰的城市轮廓线上

那是我构思已久的心事

不问风，我把整个世界交给你

替我问候等待春天的红尘

遇见的一切都与我有关

春风里，走来走去的

都是缘分

比如这山、这水

还有那些花花草草

以及与山水花草有关的

话题，触目成诗

那是矫情者故弄玄虚

我只想简单一点

花就是花，草还是草

不必赋予那么多意义

也无需过多解读

一缕风吹过

塞满花香的小径

并不会插上彩色的翅膀

而我，就像一个局外人

走过山水之间，卸下一些思想

稀释一下光阴

让遇见的一切都与我有关

夜雨如酒

隔窗听雨

雨没有停下来的想法

轻轻地摇晃着眼前这杯

似醒非醒的红酒

夜色也慢慢融入杯中

把思绪一再压低

而我，还来不及期许

那些无法用词语触碰的闪念

抚摸着生活的底色

夜雨如酒，皆为混浊

这不应该是

寻找堕落的理由

黑夜太静，并不能阻止我

与这个世界坦诚相待

四月的风和雨，我很感动

一些花朵将以快乐和安详的方式

凋零在清晨的路上

这让纠结生命意义的我很羞愧

雨季

很多事物裹挟着心事
随昨晚的暴雨
兴冲冲地流入湘江
包括落叶、枯枝、砂石、尘埃
还有被闪电惊醒的梦想
以及那些心浮气躁
仿佛脱离了尘世
又仿佛坠入江湖
不懂水性的将沉入江底
会水的也只能随意漂荡

雨在下，迅速上涨的江水
漫过夏日的时光，水被搅黄
没有什么东西
能在来势很快的江水里
安于现状，很多人
来到脚下这条小河边
或者观望，或者放钓悠闲的
心情，或者打捞流失的
时光，一场暴雨
让这条小河卷起了无数声响

洪水退了

谁又比谁更柔弱而坚韧

河流在缓缓消瘦

坡岸上留下一地泥石

还有被浸泡过的事物

包括树木、野草和失忆的鱼虾

这条河慢慢地由浑浊变清澈

阳光还是照在那片沙滩

谁又比谁更浮躁而反复

水涨而浊，水退而清

有如这世道和起伏的情绪

在风雨和春秋中

我必须接受和喜爱

这条河道，赐给我的涨落

洪水退了，晚风又归于恬静

一场骤雨

一场突如其来的骤雨

劫持了午后的太阳

从天而降的你

击穿了城市的街道

来吧，来得更畅快淋漓些

让每滴雨都像一颗子弹

击穿盛夏的胸腔

七月里

有些人用减法降温

有些人却用乘法炙烤灵魂

此刻，你可以从烦忧和杂事中

分离出来，走向雨中

冲洗七月的躁动

抚平狂热不安的情绪

一座烤热了的城市

需要用一场骤雨

去掩盖命运的卑鄙和粗糙

立秋

一叶知秋，这不是诗歌

距离太阳下山还有一段路

午后的阳光有些慵懒

不紧不慢的时光里

触手可及的

都是晒干了水分的欲望

以及金灿灿的色彩和词语

略带沧桑，连着疼痛

多么真诚，多么简单

比如沉甸甸的稻穗，高举

火把的玉米棒棒

还有半山坡上的黄桃

挤满了蜜的蜂箱

我心满意足地

把这些轻松、俏皮的意境

拾起，用心去触摸

品味和欣赏，或者把玩

并用自己的方式立秋

这样，时光就不再是时光

剩下的就是像诗歌一样的生活

那片落叶，因为被放弃

而活在我的心中

一场秋雨过后

一场秋雨过后

暑热和湿冷相互交融

碰撞、妥协

翅膀和叶片被收走

记忆不断被稀释

被替代，或者被遗忘

此刻，我不敢

把淋湿的年龄拿出来

放在阳台上晾晒

晃动的光阴

像一块善良的玻璃擦

擦着窗外的俗事

擦着窗帘盒里的缱绻

就这样

我站在自己的阳台上

听风、听雨

分辨左右，和东西

我想起了明媚的春光

和夏夜的芬芳

风还是一直在吹

一场秋雨让这个世界

变得更加沧桑、华丽

成熟、简单，并不再浮躁

尘埃似乎要落定

善与恶

就等一场雪去净化、尘封

秋风起，落叶从容淡定

九月，熙攘的人群
在熟悉的街道上行色匆匆
天边那一抹橙色的光影
在沐浴眷恋的余晖
河床裸露，流水不急不慢

抬眼望去，霜叶红了
稍一触碰，故事就掉落一地
我默不作声，与秋色对饮
日子在茶杯里一层层展开
时光脆弱，心思厚重

此时此刻，我静静地感受
黄昏的速度和从容淡定的秋风
还有季节深处细微的声响
告诉我，有没有一种孤独和平淡
能配得上这一地无言的落叶
还有这落叶上布满的沧桑
正渲染着生命的意义和本色

叶脉留痕，哪有什么对错
秋风乍起，送来流年的斑斓

我不去高估与草木的关系

也不去纠结何处才是归宿

立心，立命，你知道

有些东西我们必须放弃

比如这落叶，这虚空的时光

在岁月的长河里，我们

终将与这个世界握手言和

立冬

（一）

暖阳下

风在光和影中沦陷

石头无动于衷

而落单的麻雀

蹲在枝头

用宽恕的辞令

掩饰内心的疼痛

我开始从树叶里剥离纹路

简化时光编织的程序

或者降低姿态

甚至收敛高傲的目光

以一滴露珠的澄明

迎接即将到来的冬季

我相信，冬季的到来

是为了治愈尘世间

跌跌撞撞的创伤

此刻，我必须自带光芒

安静地在一首诗里

为你，执笔

去关爱世间的清凉

或者，不偏不倚地

眷顾怕冻的小草

（二）

有人说

生命应该有所坚持

生活可以随遇而安

时光的脚步匆匆

转瞬之间，又是一年立冬

季节里，我与红叶、菊黄、草木

以及落单的麻雀相遇

风声里，总觉得这个世界

有一份凉薄需要温暖与宽慰

在雪花还没有飘舞之前

我应该为这个冬天

留下一段悠扬的牧笛

尽管其中，可能

隐含一丝幽怨

冬至，一江流水孵化春

（一）

岸是一条无奈的纤绳

拽不住流水的思念

我始终不肯罢手

也舀不干一江流水的光

于是，我把春夏秋冬一溜摆齐

轮流着痛饮，直到空杯

放置一旁，却装满了冷风

我把故事画成插图

心在等一江春水向东流的虹桥

（二）

阳光翻阅着旧事

我知道冬渐深

落叶在坡岸上寻觅红尘

我还是望向一江流水

尽管想不出它存在的意义

我还是在树下出卖自己

几只麻雀在空着的枝头间

想飞就飞，想停就停

种子在泥土里提前酝酿

破土而出的春季

（三）

站在阳光下，不必低头

我会让空了的枝丫

落下自己的影子

风里，想拾起那片叶子

却无法告诉它

美丽有不同的形态

它只怀念春天

我也无法放下自己的执念

那些开满鲜花的岁月

不依不饶地在心里，周而复始

我需要换一种方式

蹲下，大地就是我的坐姿

雪花，飞吧

让雪花飞吧

每一片六角花瓣

都像一个养心的文字

落地成诗

洁白的羽裳

有如带妆的新娘

并不需要

任何的赞美、羡慕及追寻的目光

律动的身影有如恣意人生

飞吧，落在任何地方

都足以治愈尘世间的沧桑

多么卑微的纯洁，多么可爱的存在

赞美你，不是因为你

肆意飞舞的身姿和洁白无瑕

而是需要借助你的冷

唤醒大地的柔情

以及，感知坚强的生命力

春，在来的路上

雪化了

零下六摄氏度

结冰的池塘

并没有冻住流逝的时光

站在故事之外

仍听见年轻的爱被碰落

多么脆弱的存在啊

别指望

情感，会有多么坚强

它只是比生命有太多的不舍

阳光下

路边的雪人开始流汗

欲望如一只永远注不满的酒杯

没有什么背叛和不忠

雪化了

我还你一片森林

还有化不完的积雪

始终在候着

一到春来，就开花

游山玩水

放下双肩包

坐在堆砌生活艺术的草地上

时间，是个好东西

我倾听着，那芬芳，那墨香

在酒仙湖游泳

群山环抱的酒仙湖

容纳了太多的因果

我们顺着波光粼粼的方向

划动手臂

好像要把装满俗世的湖水分开

秩序被掀起小小的浪花

又迅速恢复重构

怎么努力也掀不起多大的浪

如若可能，我要将自己置之度外

倾心注入一些思想和命运

然后，把这湖水搅动

再充满新的生命和秩序

这样真的好吗

我得说，我做不到

我告诉自己

这湖面太大，水太深

我弄不清它的真相

雾漫东江

江面上，飘逸着
人世间太多的想象
扑面而来的
犹如一本无字天书
金色的渔网
拉不住东江的雾
柔情的臂膀
拢不住一江流水

亦真，亦幻
是梦境，是仙界
那些心怀敬畏
那些在雾里的迷茫
那些用聪明装饰的盲目
总想看透人世间的真相
时光浅浅，又怎能
解读，雾漫东江

并非所有的事物
都愿意让你看透
雾色深邃，河流向东
我喜欢这种朦胧

捧一把薄雾

洗濯双眼

我何以有耐心和闲暇

来为世界称重

赤壁，水火无情

浪花淘尽

火已变成幻觉

又似乎一直在燃烧

旌旗猎猎，血雨腥风

立身，立命，立国

好像什么都没发生过

无论我怎么假设

流水易逝，江湖依然

赤壁，一千多年了

认真地站在故垒西边

一直高举着烧过的伤疤

前浪嘲讽后浪

并没有能够浇灭

那些千古风流旧事

时空中仿佛

在警示着一些简单的道理

生命中不可或缺的水与火

在相生相克中相容

人世间的强与弱

在后浪推前浪中消长

长河里

有人站在船头看风向

有人翘首捻须，在等东南风

愿世间所有的干戈都化为玉帛

遥望洞庭

浪花翻阅着泥石、水草和落叶
还有故旧的时光，或者
悲喜忧乐。从未停息

叩问洞庭，风吹过
像颤抖的音符。遥望湖水
岳阳楼一动不动

一湖浊酒。那些大义凛然
或者沽名钓誉
都在安抚着风、安抚着雨

世间有如这江湖
江湖惆怅。极目处
水天一色，在漂泊，在荡漾

穿越湘西

雨中行走

在大湘西，这个陌生的地方
什么都不必去想
比如这里的山
比如这里的溪
比如不知名的野草
我的目的只有
在有山有水却没有路的地方
在雨中、在泥巴地里行走
你想象不出我的狼狈和沦陷

这里的山路，不适合思考
山和水都挤在一起
山峰和峡谷都不在乎我
穿越了湘西，穿越了民俗
我假装一无所知
走着走着
我并不能成为这座山的主角
终是一个雨中的登山人
我也不能带走什么
除了满身的泥泞

迷失湘西

爬山，涉溪

悬崖、栈道、云山、雾海

一切美好的事物

都拥挤在峡谷和山峰中

四十几公里的穿越、爬行

德夯、矮寨，还有十八洞村

绕来绕去，如入仙境

翠绿的情怀包裹着心事

瀑布尽头，散落着喜悦的心情

这里的季节多好

空气透鲜，溪水冰洁

足够你忘却尘世的辽阔

足够你洗涤沾满泥巴的双脚

隔着一座山，风吹向我

雨飘向我，山很深

在清静的世界里

我是否会迷失自己

走进德夯

四周是绝壁，峰林跌宕

云挂在半山腰

神仙就住在那个地方

寨子是寂静的

九龙溪在里面喧嚣

吊脚楼半信半疑

风吹过梦幻的峡谷

翠绿的山色也吹过来了

唯有挂在断崖上的那面山风鼓

在瀑布跌落处妥协和反抗着

浣纱苗女，用尽一生

不停地织补和漂洗时光

那些古老而质朴的

石碾和筒车，在吱吱作响

是古，是今

此刻，你完全可以

不去看将来，也不问过往

流沙瀑布

挂在可望而不可即的天边

挂在神奇的矮寨

泄不尽的酸甜苦辣咸

写不完的人生画卷

都说男人如山，女人如水

好山有好水

一阵山风吹过

千万个影子随我们的时光

争相坠落

落地成溪，断崖处

全是散落的空洞的辞令

世界原是一个伪装

人生有如这瀑布，你可以

选择逃脱，也可以歌唱

我也是西湖的风景

苏堤长长，水色波光

那幽径，那曲廊

那轻轻荡起的桨

那雨伞下涌动的人潮

时间，有如湖中的层层细浪

我对着水面一照再照

佩服自己在水中的影子

柳絮飞扬

西湖，不是我家的池塘

绵绵细雨飘入发梢

湖中水月可是我的背景

鱼儿会飞，远处

若隐若现的雷峰塔很安详

朦胧的事物会让人着迷

很自信，一路走过

我也会是西湖的风景

如果此生没有遇见你

活着也是一种虚妄

在兰亭小坐

挎着双肩包，走进兰亭
走进行为的迷宫
五月的天，轮廓清晰
我沉醉于来自远古的兰草
那便是，曲水流觞地
兰亭翰墨香
思想早已刻在石碑上
所有的故事都已酿成了诗
而我，并不能平添臆想

放下双肩包
坐在堆砌生活艺术的草地上
时间，是个好东西
我倾听着，那芬芳，那墨香
正所谓，山川景物自相映
风流文采今犹存

戈壁滩上

也许是陌生，所以向往

也许是好奇，终于如愿以偿

戈壁滩上，高温炙烤

大漠深处，烈日乱风下

乱石无序，又相互注视

疯狂、躁动、空虚、绝望

身边的一切有如幻境

一切都那么熟悉又陌生

向远处望去，疼痛找不到伤口

茫茫戈壁，有趣得虚无

有趣得真实，我突然想我在哪里

我在戈壁滩的中央

在这里，我变成了一块石头

有不可接近和击穿的秘密

既然大地赐给我一块石头的形象

我想，我也要发点光、发点声响

日月山可以作证

情定西域，大唐公主嫁给了西域王
是命运的安排，还是
雪域高原灵魂深处的真情呼唤
日月山可以作证，是你们
将爱情故事演绎成了民族的千古绝唱

金戈铁马，在你柔弱的身躯里
瞬间就化成万种风情
回望石的泪水，早已被雪藏
展翅高飞的雄鹰，一直在这里盘旋
一直守护着千百年来的和平安宁

是西海屏风，是草原门户
还原了一个女人，一个民族的反思
当血融于情，情浓于血
当爱情坠入了民族情怀
日月山，就不再是季节的屏障

走进东北

（一）

听从雪的召唤，从南方来
我不知道
这漫山遍野的雪地下面
掩盖了些什么
大东北，总让我看不透
是不是，红尘里
越神秘的东西越让人向往

（二）

行旅中
我不用担心寒风呼啸的噪声
雪花会过来收拾干净
也无须操心冰雪覆盖住的细节
删繁就简，月光和星星都已冻结
石头，能检测出不同的温度
飘落在大地的雪花也落在我的身上

（三）

山野空旷、寒冽

这些带着亮光的小精灵

像异常兴奋的表演者

那优雅的身影

尽情地围着我旋转

也在忙着编织美丽的传说

知道吗，每一片雪花

都是一个神秘的修行铭文

告诉我，借助它们

就能看透这个眼花缭乱的世界吗

（四）

长河里，月亮和星星幻化成冰

然后被追光的人捞起

用时间的锉刀

雕刻成不同的姿势

并赋予思想和灵魂

然后，堆砌在心情驿站

晶莹剔透得愈加老成持重

我走上前抚摸着它们

纯洁透彻的世界里

少了一些迷茫，多好

苏州行

一提起你的名字
像是打开了
一个烟雨中的神奇魔盒
总是能让人怦然心动
深情向往

谁说水无常形
苏州，就是水做出来的城
这些纵横天下的星河
绕来绕去
总是绕不开人性的欲望

在街道行走
触手可及的烟雨都是一首首诗
每一缕风都可以用来吟唱
夜色是用来炫耀的
拐角处有意想不到的奇遇

寒山寺的钟声响了两千多年
乌篷船总在搅动着幸福时光
山塘街的牌楼写满了沧桑
拙政园全是工艺难辨的物件

沧浪亭收集了城市的酸甜苦辣

一城、一水、一石、一木
总是那么张扬而神秘
又是那么可以随意揉捏
一砖、一瓦、一亭、一阁
总是在贩卖心情
又往往被赋予意义

穿越苏州，有如穿越历史
遍地都是诗歌
我不是在这里等待诗歌和远方
而是为了寻找、抓住、拥抱、活着
直至触碰它的灵魂

认识庐山

北濒长江，东接鄱阳湖
诗人说
横看成岭侧成峰
神秘吗
半山烟雨半山雾
虚实之间
我找不出一个词能形容

山谷的风
穿行在远近高低中
四月的山寺
藏着盛开的桃花
仙人洞口
有人在眺望无限险峰
站在含鄱口
总想情不自禁地指点江山
三叠泉
在泄露来自银河的秘密
是的，这就是庐山

近乎奢华，近乎张扬
山不在高，匡氏在这里悟道

琅琅书声，李白写诗，朱熹讲学

还有五老峰正在熟睡

都说仁者乐山，智者乐水

每个人都有不同的际遇

这个春季，跟随光的指引

我穿行在山中小径

信手捡到的石块

是看不透的时光倒影

目之所及

都有历史长河打磨的万般姿态

山水之间，我认出了他们的面容

并喊出了他们的名字

但没有人应答，包括走过去的

沧桑的自己

眺望三叠泉

一千三百多级台阶

千辛万苦地攀爬

站在最底下的那级平台上

好高骛远的双眼

十分确信地仰望着

没有尽头、遥不可及的瀑布

滔滔不绝地

泄露人世间的秘密

诗人说

你从银河来

在这里，万物都很关心你

与你交流，畅谈所有

包括谄媚你，你可以享受

这一切的关怀和口若悬河

站在你的脚下聆听

日子，总是不短不长

风吹过，那些猝不及防的水花

成雾，像是在弥合人心的虚空

第二辑 游山玩水

每次行走都是快乐的

今天没有任何意图

也不知道目的地

除了行走，还是行走

不走水泥路，不走柏油路

走山路，走田埂路

走乡间小路，走水路

走不是路的路

想怎么走就怎么走

我不赶路，我感受路

在乡里

迎面吹来的是新鲜

空气中

充满着诱人的泥土的芳香

正是秋收季节

金黄色的稻谷频频向我点头

玉米地里，苞谷像高举的火把

燃烧着秋日的激情

偶尔蹲在野草丛中冥想

那一草一木

晃悠着浅浅的快乐

行走中，加持一生的气运

远近只是想象

与行走有关的许多事物
似乎都与我息息相关
每次行走都是那么快乐
也许，行走才是我们一生的宿命

第二辑　游山玩水

一江两岸

像两个很好的朋友

相互微笑着，看着彼此

共同分担着晨风雨露，还有太阳

流水永远中立，洗涤着

这个城市的善与恶

一江两岸

像两片丰盈的嘴唇
永远保持着高贵的距离
含着
水，在中央
轻盈的双手永不停歇地
抚摸两岸熙来攘往的情绪

像两个很好的朋友
相互微笑着，看着彼此
共同分担着晨风雨露，还有太阳
流水永远中立，洗涤着
这个城市的善与恶

像巨人的双肩
一头挑着道义，一头挑起责任
湘江，是一根长长的扁担
柔软的外表，蕴含坚强的力量
浮云之上是纯净的天空

一叶浪漫的小舟从枫溪港出走
石峰山上一闪一闪的航标灯
仿佛照在时间之外

阳台上，有人晾晒青春
有人贩卖视频

酒已斟满
人们通过生命的虹桥
忙着穿越东西
去赴一场霓虹灯下的盛宴
黑夜帮人们掩饰一些多余的淫念和尘垢

坐在坡岸上

阳光洒满草地

对着钢筋水泥堆砌起来的

生计、生存、生活

或者思想、精神、信仰

天际轮廓线与湘江

相互映衬得多么神圣

光和影在相互抗争

我感到自己那么苟且

也充满温情和厚道

忽然想起

高举生命的酒杯

摇晃着自己的杯影

随心，随缘，随喜，随性

时间去了哪里

谁能知道我在想些什么
很明显，我早已心不在焉
猛然转身，把手放在嘴边说
嘘，你过来
快到午夜时分
一切变得更加寂静
更加神秘，万物在倾听
时间去了哪里
我不会掉落深井了吧
世界是如此深沉
如此令人沉醉的午夜的幸福
世界之深，远比白天想象得还要深

放钓

湘江，赋予这个城市另外

一种镜像

流水，总在照拂着天空的轮廓线

熙熙攘攘的尘世

有如这流动的光和影

金色的浮标

在表达人性的同时

也以你为诱饵

向这个并不完美的世界

肆意放钓

并且在深不可测的时空深处

拉住人性的欲望

夜幕下，江边小聚

如果黑夜能容纳所有的想象

我愿意摘下虚伪的面具

任晚风撩拨心底的童话

抵近，这半生浮华

一江流水

正洗涤着这个城市的光和影

星空寂静安然

可卸下一身伏天的疲惫

湘江岸边，我们摆上西瓜

红酒杯，还有音乐、广场舞

以及愉悦的心情

任微风吹过，杨柳依依

我们不急不慢地

举起高脚杯

吮吸透红的西瓜汁

我们就这样消磨着夜色

消磨着夜色下

星星拼凑的时光碎片

扫街

天还没亮

他们就急匆匆地走上街道

扫落叶，扫空酒瓶

扫碎纸屑，扫灰尘

没有东西可扫时

就扫脚印

扫遗落在十字路口的梦

生怕，天亮后

这个城市的秘密

被别有用心的人发现

宽恕我的夸夸其谈

如果不去搬弄是非

这个城市

肯定有个愿意听我

夸夸其谈的角落

一缕风

正从东岸吹过来

吹进我的心坎

酒是治愈孤独的良药

夜色会虚构一些

理直气壮的谎言和阴谋

或者左右人们

那些晃动的善意和恶念

当我望向那流水逝去的方向

流水应该会宽恕我

从徐家桥到清水塘

周末，上 5 路
公共汽车，再转乘 1 路
徐家桥到清水塘
穿越整个城市

往返于两地之间
公交车好似一首诗
流动的光和影，让入冬的
街道变得匆匆、活力、灵动

从南到北，建设路上
一头是拥挤的街道
一头是高耸的烟囱
我的小区是这条绳上的蚂蚱

流动的人群、汽车的噪声
搅拌着街道上的灰尘
繁华与风景交错
钟鼓岭的吆喝声唱响全城

中心广场转乘
遇见很多促销的优惠券

我终于还是
捂住了自己的口袋

车过神龙公园
我不是一个观光客
车上打个小盹，回味着
湖心亭里曾经的意乱情迷

一路向北，石峰山
守望着湘江北去
俯视全城，蔷薇花开
一城的酸甜苦辣尽收眼底

某个站点我曾短暂停留
公交车内，有给予的自由
陌生的还是陌生
红绿灯前，我没有纠结得失

徐家桥、清水塘
不仅仅是两个地名，它们
编织着这个城市的前世今生
香樟树上挂着满城的故事和风情

一杯清茶摇曳着两地的闲逸时光
黑白之间总是下出臭棋
世事不易，生活简单
夕阳正温暖着长长的建设路

河道弯弯

面对这条
弯弯曲曲的河流
我似乎并不需要知道
理解它的前世今生
以及，因何涨落
远行的你，绕来绕去
又回到了源头

没有什么东西
存在永恒的理性
万物总是有偶然性
头顶的浮云
转瞬即逝的影子
并非所有的事情
都可以在流水中清洗

因果在轮回
乌云掠过
别给日出前的幸福
带来伤害
命运啊，说是注定
不如说，是你
忘了何时做的选择……

江边的旧书摊

翻开泛黄的书刊

好像打开了沉甸甸的记忆

这粗糙的连环画

有我一路走过来的标记

对岸吹来的风

熨不平已经皱巴巴的褶印

北去的湘江

洗不去曾经难堪的墨汁

既然如此 我必须接受和包容

那流逝的光阴和前行的自己

芦淞，等你

赶早

芦淞，一个地名

繁荣的集散地

它，醒得比这座城市早

因为它早已扬名天下

三十八个市场

像三十八根彩带

连着三十八颗珠宝

慕名而来的是四面八方

四面八方都在赶早

不卖服装

街道，连着沿海

流淌的色彩和线条

被风赶着到处跑

市场，走向远方

巴掌大的地方挤满了

广告和味道，近乎张扬

三尺柜头里，陈列着

可以养眼的风情

衣架上挂的全是

来自五湖四海的方言

这里，不卖服装

只卖时尚和心情

还有，物美价廉的创意

拥挤

除了拥挤，还是拥挤

汕头的内衣配濮院的羊毛

石狮的运动装上套海宁的皮袄

芦淞的裤子是周庄的面料

佛山的童装可以穿在大人身上

福建的皮鞋走四方

杭派、潮派，汉派、韩派

金钱、欲望，色彩、时尚

男男女女，老老少少

都挤在一起

能不挤么，川流不息

挤又怎么样，拥挤的地方有市场

模特

是这里的风景

更是这里的主人

你，可以挑衣服

也可以选主人

它们，不分四季

冬天穿超短裙

夏天披棉袄、皮衣

流连忘返的是心情

驻足观看的是艳丽

商人

请不要用光鲜亮丽的外壳

掩饰内心的缺陷

贩卖财富时

不要贩卖道德和良心

如果用钱能换来善良

用诚信能换来自尊

你就不会计较盈亏

回报的，永远是真诚和恒心

等你

服装，不是这里的主题

来，就可以为你造型

如果你不来

请不要责怪我，没有

为你量身定做

我的家底并不多

来的都是客，冷暖自知

交易，无非心情

芦淞，等你

从这头到那头

距离很短

路却很长很长

巴掌大的地方

小雨在金黄色的地面上

闪闪发光

路面上散落了很多故事、神话

写满了繁华、嘈杂

还有淘金者的沧桑

广告牌换了又换

目光却始终

跟着色彩、潮流、时尚

在奔跑

很幸运在这走过

见证了很多很多

回头看看

脚印已湮没在人潮

芦淞衣，天下服

爱过了，还爱着吗

芦淞服饰，霓裳羽衣

梦想与色彩齐飞

创意与音乐共舞

一场时尚盛宴打理着心情

所有的故事

都是为了被时光消耗的肉身

时尚，不被定义

此刻，你可以

在情感的隧道里养蚕

视自己为宝宝

你也是不是应该

感谢那些为你破茧成蝶的人

芦淞，等你

素白、狐轩、木朵、魔美、OOVV

原创引领潮流

色彩会被感动

来，就为你造型

也可以给你无限想象

成就你的无限想象

所有的目光正汇聚在一起

芦淞衣，天下服

川藏行

向上攀爬的力量

总是为努力的生命

赋予人世的沧桑

一路在爬升

从 318 出发

经康定、折多山，过理塘

巴塘、波密，到拉萨

再到珠峰脚下

一路在爬升

山，一座连着一座

青藏高原上

一山更比一山高

让我冲动，也恐惧、无奈

风翻动着孤冷的经幡

水从冻土里出走，冲淡世事

每一个拐弯处

都是现实和梦想的对峙

那些触碰尘土的额头

在不知疲倦地叩问世道

向上攀爬的力量

总是为努力的生命

赋予人世的沧桑

人们都喜欢往上爬

站在高处，站在

像巨人一样的青藏高原上

你一定可以

俯视更多的芸芸众生

享受更多的寒风和孤寂

感悟更多的世事无常

呼吸更加稀薄的空气

那些理想、信念、金钱和地位

在这里是多么渺小

风压住雪，山重复着山

人生的冷暖得失

总是在向上攀爬的力量中满足

我不知道

是不是爬得越高

人生的境界就越高

跨过金沙江

从芒康至左贡进西藏

跨过金沙江时

我们在谈论长江

谈论滔滔江河里的前世今生

雄鹰伴彩云飞过

大地皱褶，河床半裸

湍急的河流告诉我

连绵的雪山，数不清的圣湖

滋养着高原悦动的灵魂

海拔的落差和并不平坦的河床

诉说着高原的脆弱

寒风吹过，浪花翻滚

山不转，水在转

这条奔流到海的长河

在苍茫的群山里

永不停息地高唱着

欢快而壮丽的大爱之歌

高原上的石头

散落在高原上的石头

在肆无忌惮的寒风中

冻得通体发红、发紫

然后被心怀善念的人们拾起

小心翼翼地堆砌在一起

让它们相互依偎、相互交谈

于是，这些石堆里便有了流云

便被赋予了坚强的意志

便担起守护信仰的责任

石堆前，我小心翼翼

也种下一块石头

种下一些灵感和祈祷

从此，高原不再寂寞

第四辑　川藏行

仰望理塘

佛说放下

你为什么还要借一双翅膀

西藏最大的王

是谁让你这样魂牵梦萦

是理塘。圣洁的海子山

滋养着高贵的爱情

神奇的姊妹湖

酿造了无尽的相思泪

诗人说

住进布达拉宫

我是雪域的王，流落西藏街头

我又是最美的情郎

当爱情和高贵相互映衬

好似理性始终伴随着灵魂

转山转水，转不完的经筒

看山看水，看不破的红尘

心怀善念和信仰的人群

在随风响动的经幡下

参悟着亘古不变的虚无

当雄鹰展翅时

不要去寻找理智

冰雪融化时

又何必在乎世俗的羁绊

蒙尘的双眼

仰望吧，你心中的理塘

有些爱只能以孤独的方式守望

走近羊卓雍措

稚嫩欲滴的雪山
锁不住柔情似水的思念
激情燃烧的青稞
酿出了一湖圣洁的新酒
高原上，群山环抱
羊卓雍措，众星捧月的存在

天真、透彻、纯粹的湖水
有如少女般灵动的眼神
微风吹过，长发悠扬
朦胧中全是仰慕和顾盼
星空倒置
读你，最美，最浪漫

转山转水转经筒
只为转动你神秘的面纱
雄鹰掠过，我在湖边沉思
该如何畅开胸怀
在你的轻抚下安静、自在
湖光加持，满目皆为修行

在纳木措

是天上掉下来的

还是圣湖飞上了天

水天一色的蓝，蓝得

让人心醉、发怵，蓝得想哭

站在幽蓝清朗的湖边

天空敞亮

今天不写诗

我双手举过头顶，尽量

把自己放空，然后

取一滴水的灵感喂养灵魂

然后，任湖风吹乱我的头发

任寂静随意整理我的衣襟

任碧净的湖水一页一页地翻阅天空

这样，我们因为陌生

而彼此欣赏又互为风景

湖水就这么简单地闲置着

天空也在闲置

我只需关心身边的风

和空无的山色，很多安静和美

仿佛就是这样用来浪费的

第四辑 川藏行

三江源

人们纷纷从世界各地

带上饭盒，带上塑料袋

带上灰尘

带上各种各样的行为和心情

来看你，而你

高高在上，中华水塔

不为神活着，不为崇高活着

带着越来越沉重的负担

依然会从世界的中心出走

然后，不知天高地厚地

把这些带给众生

神奇的 318

到处都是神奇的传说

十八弯、七十二拐

金沙江、怒江、雅鲁藏布江

雅江、巴塘、左贡、八宿

波密、林芝、拉萨

海子山、姊妹湖、东达山口

然乌湖、米堆冰川、唐古拉雪山

这些富有诗意的名字

神奇的 318 将它们串在一起

像串起了高原上的珍珠

赐予我们无穷的想象和灵感

在通往朝圣的路上

时而一晃而过

时而驻足，神奇的 318 啊

我能为您留下什么

山那么高，天那么蓝

沟那么深，水那么清

一路在洗涤灰尘

一路在净化灵魂

犬牙交错的时空路上

似乎在成为自己

又似乎在远离自己

重庆火锅

如火的热情，在沸腾的锅前
激起无穷的意象
锅里的内容来自五湖四海
味道你自己去调
一串串的南来北往
一碟碟的红肥绿瘦
整个凹凸不平的城市
整个酸甜苦辣麻的百味人生
还有，丰盛而充实的意义
在红油汤中反复烫煮
成为我们聚首的借口和珍品
我高高地举起长筷，落下
一只碗，接住了
所有的盛情和欲望

大足石刻

崇山峻岭中

巴渝人一直被欲望驱使

将崖石削瘦，从此

被削去了多余的尘与土的石头

已不再是凡夫俗子

无声的石窟佛像，长出了

慈悲天下的责任和义务

不受意志奴役的力量

只能献于你的面前供奉

参悟，你不必心生悲悯

无知人的闲暇是活的坟墓

大足石刻，你不是无事可做

在黄土高坡上行色匆匆

黄土

有多厚的黄土

就有多少厚重的精忠白骨

有多少飞扬的黄沙

就有多少不屈的冤魂

每一双文明的双手

都沾满了时空的血和泪

真实和虚构

包括所有的生命

都归于黄土

黄土飞扬，沟壑纵横

没有假设

蒙尘的双目

看不透生，看不透死

黄河

黄河，一首高亢的歌

满是伤痕累累的泪

是你的，也是我的

我们饮酒，不要问东西南北

沙尘从旧石器时代吹来

星星在荒原里闪烁着梦想

所有的谎言和真实

在两岸

都有生长的缝隙和空间

真理和谬误

都挂在火烧云里

不能拿到黄河里去洗

籍贯

我们可以自命不凡

轩辕柏的根须

蘸黄河之水

在黄土高原

五千多年的石碑上

刻下了我们的籍贯

时间是一件黄色的外衣

上下五千年的风吹日晒

籍贯上面落满了尘埃

我想尘埃下面，皆是净土

黄色

是谁，住在黄土高坡

风，粗犷、雄厚，甚至凄凉

夹带着飞扬的黄沙

从北坡扩向南坡

这里，没有什么遮掩

也没什么需要遮掩

从肉体到灵魂

除了黄色，还是黄色

土地是黄色的，河流是黄色的

流淌的风沙是黄色

磨盘是黄色的，高粱是黄色的

情感和思想都是黄色的

黄是一种颜色

黄色，是我们的根本

是我们最崇高的信仰和图腾

西安古城墙

在秦始皇的烈马踏过的

城墙，登高西望

但见烽火台上

猎猎旌旗染红了神龛

火烧云还是挂在天边

嘶鸣的战马不理会

废墟上的悲情

大风起兮，尘埃遮日

箭矢如雨穿越时空

城内虚空

我们饮酒，我们戴上面具

墙走我不走

行色匆匆

兵马俑

路上

骊山北麓

许多人，黄皮肤

铁骨铮铮，目光如炬

带着满身的血泪

一律严肃冷酷而沉默不语

面孔和视线朝同一个方向

它们，被某种无限的意念所驱使

不知疲倦

从不关心脚下的道路

但是，谁也不能阻止

它们，期待和守护着

每一寸土地和光阴、秩序与和平

就这样，两千多年的

路上，飞扬的黄土

掩埋了无数精骨英雄

却淹没不了不屈的灵魂

朝那个方向望去

环顾左右，我们都在队伍中

铜马车，还在

血性的烈马

从秦朝奔袭而来

刀光剑影里

马鞍从没有卸下

驮着竹简

驮着四书五经

驮着儒、道、墨、法，诸子百家

驮着一个民族的责任和符号

在中华大地上

奋蹄疾奔

两千多年了

铜马车，还在

俑坑，战壕

蛰伏和激昂，勇敢和镇定

都是英雄豪杰

铠甲护体，兵器在膛

每一根毛发都是锋利的钢刀

每一粒尘埃都是威力无比的弹药

马蹄印就是战鼓

当国家和民族受到霸凌

令旗一挥，俑坑就是战场

时刻守护着、准备着

战斗！

犯我中华者，虽远必诛！

第五辑

海边书

海浪不停地翻页

我不知道从哪里下笔

才能在蓝色的画布上

写下你想要的诗行

海边书

（一）

海浪不停地翻页

我不知道从哪里下笔

才能在蓝色的画布上

写下你想要的诗行

刚有了灵感

扑面而来的涛声

又把灵感淹没

今天不写诗

我用一朵浪花

去拥抱黑夜和黎明

用一片涛声

去迎接泪水和笑容

（二）

夜已深，一个人

坐在沙滩上

看海

整个沙滩都是我的

还有那偌大的海

和挂在海边的星星
风，在抚慰我的思想
措手不及中
浪花已卷起生活中的细沙

（三）

这么大的地方
为什么平静不了波涛
也许，世界越大
不平的事越多

（四）

人生有如这浪
活着就要追着跑
有起有落才是生活

（五）

大海看不到边
我就是边
却看到了自己的肤浅

（六）

陪母亲看海

阳光洒在她八十岁的脸上

海风轻拂她的银发

浪花打湿了她的双脚

她高兴得像小孩

双手捧起灿烂的浪花

大声说

海比家门口的山塘大

水比家里的老井咸

沙滩比电视里看到的真

此刻，我在看清瘦的母亲

她的爱比大海要深

（七）

与大海对视

这茫茫无边的蓝

像风中飘逸的大摆裙

裙脚连着天边

连着梦幻的彩云

那浪花

是镶在裙边的蕾丝

我闭上眼睛，用心

看海

是谁，在大海里

掀动这大摆裙

一波接一波

永不停息

恰似你的温柔

沙滩上，一定

有一个让她心仪的人

（八）

天涯海角

是个浪漫的地名

却成了很多谎言的借口

眺望天边

我只是到此一游

仅此而已

家，永远是心之所住

才是海誓山盟的地方

（九）

南山寺

心若不诚

我不会绕过天涯海角

来看你

佛前，不缺少忏悔

而是缺少虔诚

（十）

当我在风花雪月的纠缠里

羡慕你的自由奔放

当我扬帆驶入你的怀中

却害怕你的孤独和桀骜

（十一）

此刻，我坐在沙滩上

面朝大海

任海风吹乱了头发

浪花打湿了鞋

潮水的声音，起伏嘶鸣

此刻，内心

生出了一万匹骏马

（十二）

敞开胸怀

请借给我一双翅膀

我要飞到天边去看看

你赤身裸体的模样

其实，风并不大

（十三）

为了看得更远

我爬上高高的山峰

那一片深深的蓝

在虚无缥缈间

为了接近你的真容

我又走向海滩

那一个接一个的浪

让我无法躲闪

也许，人世间就是如此

站得高不一定看得清

走得近不一定就亲

（十四）

大海赤裸着

阳光、椰风、沙滩

是个发呆的好地方

远方的灯塔托着

波光粼粼的蓝

潮水的心事正如我

（十五）

不带走一片沙滩

不带走一片蓝

明天，我还得回乡

我只要一滴咸涩的海水

一朵灿烂的浪花

此刻，万千涛声

似乎还在身前、身后

弥漫，入海……

第五辑 海边书

海岛，孤独的思想者

是被大陆抛弃的孤儿

还是从大风大浪中

长出来的铮铮铁骨

任波涛挤压

任风浪吹打

始终屹立在汪洋水国

你是怎样面对那些孤寂

独善其身的

是怎样面对那些潮起潮落

不随波逐流的

是怎样面对冰冷的长夜

默默坚守的

不在乎滚滚洋流的误解

不理睬千帆竞过的偏见

在永不停息的波涛的喧嚣中

以自己的方式和意志

宣示自己的存在

我想

没有强大的内心

就不可能不屈从

不可能不把自己出卖

遇见荷塘

那些高过天空的荷叶托盘

手挽着手，接过尘世的温柔

赞美它们吧，六月里

生命在燃烧，微风吹过

送来缕缕清凉，池塘里

碧绿的事物像写满经文的转筒

赐给慈悲天下的情怀

此刻，你就会发现

那些高过托盘的莲花

拄着千年拐杖

正在慈眉善目中布施天下

截取人间的一米阳光

窥视命运的光照和指向

承载的不是空间，也不是时间

那浅浅近近的声音

把前世和今生的意义

朗诵得明明白白

雨过天晴，荷塘熠熠生辉

那些疼痛和烦恼其实微不足道

小荷

撑破天空的荷叶托盘

是谁的莲花宝座

清风送爽，我相信

每一朵莲都会是一片天空

每一朵莲都会舒展纯净的思想

青蛙在池塘里洗心革面

蜻蜓飞过来参悟天机

心是一面成像的镜子

我坐在低处

双手合十

用你赐予的智慧垂钓山溪

这世界是湿的

无论悲喜，都使用泪滴

你一笑，瞬间倾倒山河

残荷

被时光浸泡太久以后
它们毅然从尘世间抽身
花开过，莲蓬也被采了
一抹晚霞
正从残荷之上掠过

干枯的枝干
掩饰不了季节的寂寞
此间落下，残荷
需要反复咀嚼吟读
才能平复繁华凋尽的心绪

一只白鹭将喧嚣带走
它们依然坚持在光阴里
情有所愿地站着
是在填补时间的灰烬
是在眷恋可信赖的红尘

池塘深处
埋藏好所有的疼痛
并用隐忍于大地的方式
保存着对生命的记忆和轮回

挤地铁

在地铁的早高峰上
我突然想起
（昨晚在 CCTV9 频道
《动物世界》里播放的画面）
南极洲
那憨态可掬的企鹅
从蔚蓝的大海上
一个接着一个地跃上冰原
然后像被捆绑了似的
一颠一颠地
一个接着一个地
从庞大的海象身边
偷偷地掠过
是那么娴熟而高贵
我又一次像企鹅一样
被人流挤进了这个城市的地铁

我喜欢生命本来的样子

一场秋雨

怎么也稀释不了

越来越浓的秋色

几声虫鸣

又怎能挽留住

渐渐西去的夕阳

秋风拂过

那些写在叶片上

已经泛黄的故事

即使亲眼所见、亲身经历

也有些模糊不清

这世间

有太多的纠缠不休

时间

总是让人产生怀疑和自责

散漫的晚风告诉你

生命应是件郑重其事的事情

除了阳光、空气、雨水

以及食物和性

其他的一切

都是套在生命上的枷锁

包括金钱、权力，甚至思想

我喜欢生命本来的样子

夜已临近，弯腰

拾片落叶用来标记真实和虚无

放下双肩包

让月光更加轻松、干净

大京游湖，给俊雄兄

有些小兴奋，我们
一起回原单位参加小活动
俊雄兄已退休，我也赋闲
能不高兴嘛，我们又一次被记起

登上大京的游船
有点像"船动湖光滟滟秋
……遥被人知半日羞"
群山环抱的大京水库
悠悠的清风
从秋意深深的湖水里吹起
层层细浪，像触动了心底的涟漪
我们一起谈论悄然逝去的光阴
想起未曾实现的梦想
又相互调侃一手好牌打出臭招
蓦然回首，故事已凋零
只剩下浅浅的心事在慰藉风

群山倒映一湖秋色
湖水清净，夕阳正浓
远离城市的喧嚣
我们站上了游船的顶层

第五辑　海边书

环湖一周

看白鹭从湖面掠过

转瞬又飞入染画的山林中

像是在唱着秋天的歌

野鸭子在湖面上游弋

尘世的清愁和岁月的斑驳

一不留意又没入水中

我想，这世间，在时间面前

没有什么是不能释怀的

我们又一次端起酒杯

共饮兄弟情深

我听见露珠滑落的声响

往日的坡岸上

渐渐泛黄的草丛里

我听见，一滴露珠

慢慢滑落的声响

像极了昨夜的梦

一片落叶在晨风中飘舞

不带丝毫愧疚

天很空，我还是

望向不急不缓的流水里

早醒的人们

在长河里

奋力游向命运的彼岸

冷不会成为拒绝的理由

直觉告诉我

今日寒露，正是

盈盈秋江水，清香晨风远

草色知寒近，无端念岁华

那一抹淡淡的桂花香

那些挂在桂花树上

悄然绽放的点点心事

像一幅摇曳的诗画

星光下，泄露着

隐藏在生命里的秘密

秋已深。轻柔的晚风

送来缕缕馨香

好喜欢这种成熟的香味

因为它或多或少地

带着些许忧郁

忧郁得让人心生喜悦

忧郁得清新高贵

我知道，花期短暂

却足以燃烧记忆，喂养孤独

独自坐在自家的小院

这份怡静的力量

让尘世间曾经留下的疤痕

在暗香浮影里慢慢消失

青龙湾，因你而行

当阳光和春风醒来时

一朵在斗笠山山坡上绽放的野花

会撞破空气，撞破

被细雨冲洗至透明的岁月

青龙湾，因你而行

出城，往南

五公里半，青龙湾

十里春风，十里油菜花

斗笠山脚下

山间小径建成了城市公园

池塘边时光清浅

蜂蝶匆匆，柳絮纷飞

潮湿的泥土，田埂上

种下姐妹们爽朗的笑声

招惹扑面而来的清新

那些花开的声音

但愿，不要惊扰

险些滑落的大摆裙

穿过一片金黄色的田野

沾一身泥土的芳香

湘江岸边，青草依依

你可以心无旁骛

踏歌而行

一幕幕山水人家的诱惑

一幅幅田园风光的画卷

诗一样的三月

谁为谁乱了心情
谁和谁迷了邂逅后的归程
别耽误了一处风景
别耽误了偶尔掠过的浮云
带上自己的阳光
青龙湾，因你而行

青龙湾，油菜花开了

走进青龙湾，真的

不需要理由，也不要

拐弯抹角，油菜花

灿烂得像童年的时光

这是郊外，出来踏青

触手可及的黄，却望不到边

衣袖单薄的女子

相约，在田间站立

一阵微吹风过，蝴蝶飞临

一些故事在花田里

左顾右盼、颤抖、飘落

一些心情在阳光下

自由舒展、宽恕、弥漫

此刻，我已对三月

掏出全部温暖，至于你

是否

在赶往青龙湾的路上

青龙湾，遇见一枝桃花

桃花喧闹，点点

挂在青龙湾的枝头

来就来吧，不要匿名

也不要偷偷摸摸

那点小心思

在理想和现实的交接处

会被春风看破

佛说世间一切都是遇见

我有一枝桃花

那桃花不是我的

花开无主

是毫不设防的赤诚和坦露

春风无解

一地落英全是伤感的情绪

此刻，有人在挑树下

伸出双手让命运的掌纹

原谅自己的伟大和庸俗

那些真实和虚伪

那些自由和疼痛

都在青龙湾的枝头挂着

佛又说

遇见，不是错

桃花朵朵

春雨如烟

雨，在三月里

浮躁不安而落地生根

村庄蠢蠢欲动

我透过被虚掩的窗凝视外面

柳条翻阅春风的温柔

难以放下的心情

温暖而湿冷

世事总是模糊如你

时针滴答有如这雨声

耿耿于怀的一些往事

顺着屋檐滴落

持续了半个世纪的雨声

看不透世间的隐私

此刻，春雨如烟

把事看透，不如看淡

宁静在心，并不在窗外

青龙湾，油菜花等你来开

是谁，把日子播撒在
青龙湾，城市公园
和风夹着细雨，吹过南坡
油菜花花田里
光和影在一点一滴地
兑现冬天的承诺
金灿灿的优雅中
蜜蜂忙碌着
悄悄打开生活的密钥
我知道
那是一把泥土捧出的诗歌
那是蜜一样的生活

你来啊，斗笠山山上
云卷云舒，春光明媚
草地里依偎着幸福的酒窝
蝴蝶想飞就飞，想停就停
举首抬脚，是城，亦是乡
是藏风聚气的好地方
随处都可伸伸懒腰
晒晒太阳，听听鸟语花香
油菜花依山傍水

等你来开，别忘了
带上伊人
带上自由自在的心情

春天里，翻开青龙湾那块菜地

清晨，阳光明媚

风从江面吹来，吹过山坡

空气中夹着泥土的味道

野花开出各种色彩和姿态

阅历多了，心思就简单

阳光充足的地方，日子才灿烂

翻开青龙湾那块菜地

种下辣椒，种下豆角

种下绿色的事物

种下几粒牵挂和情怀

这样，我就有理由

泡半盏清茶，揽一抹阳光

抛开烦恼和喧嚣

让喜悦在柔软的春风里弥漫

让心情在一片叶、一朵花中舒展

人生这幅画卷

可以是疏疏朗朗的平淡

可以在春风里慢慢奢华

比如炊烟，比如鸟叫，比如狗吠

比如某一缕风中的长发

春天里，我站在青龙湾

其他地方有人群和鲜花

但这里，有的却是青龙湾

风是温柔的，你的眼睛

在这里，会变得清澈纯净

当阳光和春风醒来时

一朵在斗笠山山坡上绽放的野花

会撞破空气，撞破

被细雨冲洗至透明的岁月

朝这边看，所有的东西

都抵不住时间和现实

让你流连忘返的不仅仅是

横卧在楠木塘边的石块

还有裹着泥土芳香的

心情，这是你要的那种感觉

一场春雨过后，看见了吗

那叶尖上自由伸长的思想和情绪

那放飞的彩虹和风筝

还有那一声悦耳的鸟鸣

此刻，我站在青龙湾

看渐次拉长的影子

习惯着长发被吹乱的样子

雨水后，我在青龙湾等你看新花

昨夜，几片雪花

体面地送走了冬天的阴霾

今日，淅淅春雨

送来了几阵早醒的鸟鸣

湿漉漉的青龙湾

炊烟袅袅

油菜花花田里心事萌生

风在做说客

蜂蝶忙着做嫁衣

时光苍翠，岁月静好

春风十里要有你

泡一壶陈年老茶

我在垄上

等你来听雨声、看新花

来的时候

一定要穿上美丽的衣装

才配得上拥有这里的

迷人芳香

滴雨成诗，岁月如歌

山坡上，花田里，水塘边

到处都是你的舞台

阳光下，我想拽住

你那自由摇摆的裙角

和风里，我想聆听

你放纵动情地歌唱

我相信，我们会好好地爱

爱上这里清新的空气

还有花花草草

青龙湾遐想

（一）

在青龙湾，对于我
一切都是那么亲切
一切都与我有扯不清的关系
包括草木间的低声倾诉
晨风中的无限遐想

（二）

向南开的花，总是开不尽
时常遮住我的目光
让我望不到纷繁世事
许多时候，我迷失且高估了
自由和安逸的价值

（三）

从斗笠山上眺望星空
梦落于超脱尘世的寂静
雨，无比深沉的安宁
天气不允许我出山
我的心坐立不安

（四）

闲静是这里的特产，岁月
大多数时间可以用来搁置
守住平淡是这里的生活
那些逝去的季节，平淡着平淡
该有多么甜蜜

（五）

在这里，阳光灿烂
也会有照不到的地方
世界并不会在意
疼痛，打开那扇窗
有人在偷窥，有人在掩饰
那是不愿公开的隐私

（六）

已进入盛夏
卑微的生活
在烈日下燃烧些许激情
须提防那场骤雨的谆谆教导
所以我在夜里高歌
不是为了被宽恕的灵魂
欲望下，我必须学会控制和选择

我的果园不再沉默

枣树、板栗树、冰糖柑

安心地在这片小天地里

它们非常乐意地站立着

并习惯了。学会了坚强和谨慎

欢快的小芽从坦诚的枝条上

一个挨着一个蹦出

它们似乎找到了各自的幸福

阳光下，春风里

翠绿的世界绽放着善意

整个果园都在摇曳

四处张望，明天会下雨

就算与雨不期而遇

也实实在在

不再只是愿望，也不再沉默

叶片伸展，花蕾开始孕育

它们把索取当给予

听，向上生长的笑声

向下扎根的力量

向上，向下，上下同心

相互鼓励。每个企盼的枝头

都在接受时光的考验和洗礼
并不安分的果园
它们在说这里的第一个春天的
第一缕春风和午后的阳光

第七辑

生日辞

人生的无数碎片

是不是也被人

早早设定好

你只是这世界的一场游戏

尘还是尘，土还是土

生日快乐，这是世上最美的诗歌

远离繁华，在屋檐下

我随意地晒晒太阳

顺便也晒晒心情

就这样

日子怎么简单怎么过

母亲微笑着从厨房走出来

轻轻地说了声生日快乐

我高兴得忘了年龄

忘了家长里短

只有我知道，这一声

来自八十多岁老母亲的祝福

来自厨房里的芳香

来自母亲的微笑

多么快乐，多么温暖

多么安稳、满足

只有我知道

这就是世上最美的诗歌

美得像小时候领到一颗糖那般

五官微诗

耳朵

是听话的
如果，八方来声
我是辨不清方向的

戴上耳麦
不是没有声音
只是你，听不到而已

眼睛

发光的东西
不一定都能看清
如果自身不发光
我怎么看到你

可以看破苍穹
永远看不穿人心
用心看的
比用眼睛看的更通透

嘴巴

说出来的东西
看不见，摸不着
怎么努力，也收不回去
隔墙有耳

吃进去的东西，留不住
就算喝了墨水
也不一定能写出动人的诗

可以不说，不能不吃
可是，张嘴容易闭嘴难

鼻子

是长在嘴巴上面的两根葱
堵了一根
并不会不通
气，并不打一处出

舌

藏在深宫
舌根，其实嚼不烂的

拼图游戏

总记得

小时候坐在地上

两只稚嫩的小手

不停地拼凑着

五颜六色的碎片

拼凑着童年的梦想

左手拆了又凑

右手凑了又拆

只有按照别人设定好的

程序

才能拼出完整的图形

至今没明白

人生的无数碎片

是不是也被人

早早设定好

你只是这世界的一场游戏

尘还是尘，土还是土

折腾来折腾去

答案只有一个

一切都不是你的错

你若精彩

其实早有安排

面具

天就让它空着

突然想，为秋天

量身定做一副面具

让它在落叶中

辨别不了，真真假假

反正这世界也是五颜六色

也不缺少谎言和伪装

如果判断不出真相

那就假装陶醉

也许，比假装更难接受的是

享有、较真、疼痛

也许，很多东西

只有戴上面具

才能明白或者消解

给李少君

为了论证人诗互证

他搬出了屈原、李白、杜甫

还有林徽因、王计兵、余秀华

因为人成立，他们的诗才被诵

因为有故事才会诗如其人

站在光明里，诗人是赤裸裸的

面向太阳，黑暗才在身后

时间才是他们的遮羞布

时代是如此的狂热，人人都可以成为诗人

我们又是如此的狂妄

竟然，希望全世界的人都知道我们

甚至是后来者，哪怕

那时我们已经不在人世

写下这首诗，就有类似的欲求

于是，空无被切割成两个世界

一面作古，一面做今

所有的伤痛都是自己制造出来的

时代呼唤伟大

伟大的诗人往往在时代之后

生日辞

车辆、行人、广告牌，关在窗外

我看见了它们，它们并不在意我

从书柜上取出《物种起源》

没翻几页，索然无味

又找到那本《人间词话》

还是进不了无我的意境

点一支廉价的香烟

在屋子里来回走动，这样

一分一秒的日子，吞进去

又吐出来。名利，不过是

一缕轻薄的云烟。袅袅升起的

是摇摇晃晃的豪言壮语

烟灰缸里，装满了忏悔辞令

却找不到生命燃烧的意义

曾以为，老去很遥远

现在发现青春是很久以前的事情

翻看通讯录，删除已故的友人

去厨房给自己削了一个苹果

甜味让我稍微心安

于是，自言自语

柴米油盐的日常琐事，可能

比股票、房产、人际关系更令人踏实

每天都不完美，要有一点耐心

五十三岁生日

今天，好像没有准备好
礼物。我惭愧地面对生日
不知道拿什么，送给自己
这个年龄，不再是秘密

五十三年了，用来回忆
长桌上对坐，一些憾事
融入了浮躁的酒杯，一些激动
已经搁在落满灰尘的抽屉

血管里流淌着无病呻吟的沧桑
和艰辛，还有要释疑、解惑的
忏悔，思想和经历并不抽象
很单纯，日子一天一天在感恩

双手高举过头顶，摸不到
天上的彩云，却惊扰了
身边飞过的麻雀，落地成雨
沙滩上的足印很快被浪花抹平

走在自己的影子里
善与恶、真实和虚构苍白无语

远和近、高和低时空倒置
长街很长，拐角处是难眠的路灯

双肩包还是那么沉重
行囊空就空着，别人的目光
并不能挽留我逝去的光阴
烟灰缸装满了掐灭的宽恕

谈论明天，其实一滴雨水
就能装满欲望的小茶杯
中年困惑，总觉得有话要说
目及的世界又是那么熙来攘往

此刻，风从江面吹过
街上的落叶有多少，这不重要
头顶有天，脚下有路
我只要，细雨过后听一听风声

冬至，是个温暖的日子

今天，暖阳融融

先是在商超采购

五花肉、玉米、生姜、香菇

还有饺子皮

然后，慢悠悠地

在菜地里摘几棵韭菜和葱

整齐地摆放在案板上

不急不忙地

把五花肉剁碎，剥玉米

切韭菜，香菇、葱和姜

也切得细细的

一并放入甜蜜的小盆中

加上酱油、料酒、盐、香油

和两个鸡蛋

均匀搅拌，边加边拌

直到黏稠且有弹性

放置一刻，馅料已做好

并由此形成一种愿望

一点点地放在饺子皮上

沾点冷水，小心捏好

像塑造幸福时光一样

让香甜的馅料

加一点生活的意义

都包在心里，安个温暖的家

然后，一个挨着一个摆好

让它们幸福地交谈，说出

世世代代的秘密

或者相互说甜言蜜语

就这样，放入清水中

旺火烹煮，火候一到

一个个争相浮起

再加点冷水，又烹煮

就这样连续三次

傍晚如期降临

一盘热气腾腾的水饺

静静地摆在中央

今天，是个温暖的日子

暖一壶小酒，来点仪式

我们一家围在一起

慢慢体会着弥漫满屋的热气

人间四月天

雨后，站在坡岸上

映入眼帘的

都是一些新鲜的事物

我随意摘取

飘落在鲜花、草丛间的辞令

叶脉清醒，日子在慢慢拉长

蝴蝶在取悦人世间的疼痛

河堤两岸都是我的城市

高低不平的轮廓线

装点着人世间的酸甜苦辣

四月的风在反复提醒

没有什么东西

会以隐秘或者固执的情感为荣

一切的存在都可以那么随性

随性的事有随性的道理

所有的坦诚都会被公正对待

所有的卑微都是无罪的

都可以被赞美，你知道

所有的故事都会在深秋泛黄

无关乎爱恨和离愁

晚霞

霞光里

任一江流水

冲淡剩余的秋色

直到南飞的雁

掠过世间的凉薄

面对一片

并未远去的落叶

这时候，我会想起

人生的意义

在于不断地卸掉难以负荷的枷锁

山是山，水是水

孤独，其实一直都在

你我都一样

我们注定要独自

守护好这平庸的黄昏

直到晚霞

成为一种温暖的背景

品牌的力量

走进麦德龙

身上似披上了无上荣光

兴奋地从一楼

爬上七楼，每一个柜头前

我都稍作停留

像一个骄傲的贵客

多么神气

（其实我并没有实力买什么

也不需要买什么

就是想进一进麦德龙）

最后，还是横下心

在一个非常显眼的柜台里

买了一卷维达纸巾

我不知道，这卷纸巾

能不能擦干净脸上的灰尘

或者，满足我虚荣的内心

我和我

十字路口，我常常稍作停留

非常关心能不能获得尊重

或者被夺去所有

阳光下

我总是被变换不同的角度

有时拉长，有时看扁

有时甚至是虚无

总觉得有无数双眼睛在审视

甚至贬损阳光下的影子

半夜里，一个人坐着

没有了影子。触摸

真实的自己回到躯壳

夜色填满我的孤独和虚空

虚荣心让我充满活力

好奇心让我支起耳朵

蛙声、黑夜、心跳，还有诗歌

或宁静，或喧嚣

这些都是我自己的

有时，我总是尽力装扮

表现自己，始终

保持一种想象

不满足于一个，甚至
将一个我加到另一个之上
或者以一个去换另一个
而忽略了真正的生活
阳光下，我是别人的
黑夜时才是自己的
因此，我常常害怕昼和夜
害怕昼夜交替里的迷失
我和我
有时真实，有时虚伪
一半是疲惫，一半在浪费
这都是生活的需要

高处是坐标

如果你愿意

把几天、几年、几十年

压缩成几分、几秒

你永远想象不出

将会呈现怎样别致的画面

人世间

蜿蜒曲折的路上

哪一条没有美好的期待

每条路都是独一无二的

蜜蜂飞出的是弧线

小草在路边生长着随性

高处是坐标

你的陌生总是很新鲜

检讨自己

糊涂时一切都是简单的

越清醒就会越会纠结

第八辑

回不去的故乡

卸下一身城市的灰尘

这一刻

我已成了故乡盛情款待的

宾客。城市与乡村

尘世间，我们注定终是客

母亲的菜园

她那双长满老茧的手
从不知疲倦
此刻，雾还没散尽
露水依然，脚底生风
走进她细心经营的菜园
她的动作质朴或坚定
菜园里的色彩
经历的黎明或黄昏
踏踏实实
季节在交替，菜园的花
开始结出季节的喜悦

蝴蝶搅动着岁月
她觉得这个菜园值得信赖
辣椒、黄瓜、豆角
在她细瘦的手指间
次第开花，默默生长
种豆得豆，种瓜得瓜
万物有因有果
谦卑的泥土因母亲的汗水而滋润

守岁

火苗直蹿，正旺
啪啪啪，如此激昂
悦耳的声音
投入激情的炉膛
守岁，我们团聚在乡情旁
过年回家
是最古老、最需要的仪式
回家过年
是生命中不可省略的符号

这膛炉火
让我无法入睡
是一种信念，一种力量
一边大碗喝酒
一边听柴火的噼啪声
记得我和我的家乡
都是一堆干柴
在除旧迎新中
燃烧着永恒的光芒

回乡过年

卸下一身城市的灰尘
这一刻
我已成了故乡盛情款待的
宾客。城市与乡村
尘世间，我们注定终是客

回故乡过年，我
终得离开
这些年，我一直
混迹于城市和乡村
去也匆匆，来也匆匆
年，成了连接我与故乡的红绳

故乡，永乐江畔
老屋已老，像喝醉了
沉默隐忍，似睡非睡
身体里的裂痕，在时光深处
长出了惆怅的野草
寄人篱下的我
静静地站在风雨中
等你，喊出我的乳名

多年前，离开时是秋高气爽
垄上吹过来的风混着稻香
我背负行囊，不回头
也知道，步行十里地
母亲还在村口遥望

城市和故乡之间
始终是两点一线的思维定向
这个村庄
悲悯的是，从未远离
欣喜的是，从未想逃脱
回不去的故乡
归途，已无去处

第八辑　回不去的故乡

父亲，我想您

春耕秋收，每年

季节的农活您从没有耽误

可今年，中秋快到了

熟悉的田野里

没等到您的身影

这，可是您春天里播下的种

为什么？为什么

您要抛下妈妈，抛下儿孙

抛下田野，抛下秋天

远行

父亲啊，面对沉甸甸的稻谷

我的心上架了一把刀

却割不断干枯的稻秆

悲悯的秋风

吹不落挂在眼角的泪

恶毒的烈日

晒不干思念您的情

今天，是您的生日

我只能为您点燃三炷香

心痛，痛心

天堂路上您可安好

那田野上饱满的稻谷

是为了您而继续坚强成长

您刻在故乡山脊上的淳朴善良

是照亮儿孙，前行路上的

永不熄灭的烛和香

中元节祭祖

这是一件非常严肃的事情

必不可少的

今夜，我们停下脚步

在宗祠里

虚构一个真实的空间

神龛上，牌位前

小心翼翼地摆上

上好的酒菜、贡果、贡茶

要有仪式感，要有尊严

在有与无之间

让情意连接两界

月光下，我们默念

那些永恒的亲情和信仰

香烛代替语言

祭祀是最直接的表达

叩拜，叩拜，再叩拜

晚风敬畏生，也敬畏死

失落的故乡

（一）

我的家乡是个偏远的村庄
三十年前
把离开这个地方
当作奋斗的梦想
就这样
把父母亲留在祖屋
带上他们殷切的期望
独自流浪在城市的街道
儿子慢慢长大
却找不到自己的故乡
带着他回到我的家乡
祖屋和他似乎没有什么来往

（二）

村庄还是那个村庄
马路边建起了很多空房
庄稼是谁在耕种
农具被城里人收藏

我不知道

什么是灵魂的需要

只剩下老人们带着孩子

村口的老树下可还有人唠长短

谁说时间会遗忘

童年的记忆里长满了失望的伤

田野在钢筋水泥里苦苦呻吟

星星在失落的夜色下祈祷

父亲

我的家乡在永乐江畔

你就生长在这个贫穷的小村庄

小时候

出去打长工

你的诚实、勤劳和憨厚

带回了我的母亲

你依赖了一生的新娘

长大了

你响应号召

背井离乡

穿上了军装

在广西十万大山的茂密森林里

驻守边疆

离开部队

你回到家乡

因你无私公正的行事

管理了集体的账簿

田间地头扶着耕犁

你的脚步总是匆匆忙忙

话语不多

只知道不停地

把辛劳和汗水装进箩筐

五个小孩

乖乖地来到世上

收工回家

你又让我们坐上早已疲劳的肩膀

为了给在远方学习的我寄口粮

腰部留下了

每当季节变化就会痛的伤

文化不多

懂得的道理却不少

你的隐忍、包容、正直、真诚和善良

一点一滴的无声行动

时刻敲击着儿女们的心房

也赢得了左邻右舍赞许的目光

这是哺育我们成长的精神食粮

白手起家

你和母亲相敬如宾

勤俭养德，没有积蓄

一生却建了三次新房

家谱

是你唯一的收藏

内心脆弱，外表也不坚强

每每儿女来到或离开身旁

慈祥的脸庞上

眼睛里总是闪着泪光

言语木讷

甚至不知道怎么和子女唠叨

没有轰轰烈烈的创举

除了平凡就是平常

对自己没有过高的要求

粗茶淡饭加一根烟袋

就能让你幸福满足

从不把一生的经历当作坎坷

可儿女们都知道

满是斑点的皮肤上

刻画了你一圈一圈的辛劳

三十岁经营踩布房

四十岁学习撒渔网

五十岁才开始进厨房

六十岁还把小摊摆在街旁

七十岁主持修缮祠堂

八十几岁了

你拄着拐杖

岁月压弯了你的腰

时不时还要睡在病床

但在我们的心目中

总要高高仰望

总喜欢坐在门口张望

望着儿女们远行的背影

你默默地转身

抚摸着妈妈的唠叨

木讷的眼神里

是祝福和信任的目光

看到儿女们回家

目光像望向"领导"

念念不忘的

是左邻右舍的家乡

还有老屋门口的水塘

父亲啊

你是一座高高的山

你是一棵常青的树

夕阳的余晖洒满大地

你无时无刻不在为儿女们加油鼓劲

我要拽着时间的影子让其停留

好好为你增加

增加甜美的诗行

健忘的母亲

健忘的年纪

有时才放下的东西

找半天，发半天呆

碎碎念半天

还是不知道在哪里

每次见面

她总要跟我唠唠

昨天谁来看了她

还带了十个鸡蛋、一把葱

前天谁帮她一起浇菜

去年谁为她抱不平

前年谁送她去了车站

还有，很多年前

谁在冬天里送过木炭

谁夸奖了她能干

别人的好，母亲总记得

这些陈年旧事

不知道对我说了多少遍

生怕我健忘

双抢

如果不是上了年纪

你一定不会认识

这个已经封存的名字——双抢

就是抢收、抢种

就是和烈日争抢季节、争抢温饱

那时候，整个村庄就像

一个火炉上的蒸锅

人们忙碌着从这丘田到那丘田

上面暴晒，下面炙烤

犁、耙、镰、锄一齐上

一家老小全出动

不停地弯腰，不停地蹲下

小孩子被说不能有腰

大人们有腰不能说

谁知道什么是苦和累

还是这片庄稼，还是这个季节

还是要一边种一边收

现在，这些事都交给了

耕田机、收割机、抛秧机

喜悦和期盼也交给它们

人们不再顶着烈日去抢了

那些经历过双抢的人

坐在屋檐下，看几只麻雀

在田埂上飞出一缕风

并啄食阳光，写下清凉

今日大暑，我的村庄

被烈日暴晒得寂静而空旷

像是在孤独修行的路上

在故乡的田野上

走在故乡的小路上

田野里闪着金黄色的光

这里，我赤裸着双脚

不知道走了多少趟

留下了多少印象

走着，走着

仿佛被一个人淡淡地注视着

不牵扯任何尘埃

我们也只是点头互致问候

我继续走我的路

我们再也想不起彼此

像当年的风

一直在田野上回荡

我的小果园已修成正果

三年前，我在小果园里

用心，种下了四株

号称柑橘皇后的红美人

培上土，绑一根小棍子扶着小苗

小心翼翼地浇点水，然后

许了个平凡的心愿

它们非常乐意地各自站着

第二年春天

欢乐的小芽从坦诚的枝头上

一个一个地蹦出

翠绿的果园绽放着善意

去年冬天的一场大雪

压弯了还是比较脆弱的枝头

我及时为它们扫除过重的积雪

三年了

一千多个日夜的雨露、阳光

一千多个日夜的呵护

一千多个日夜的期盼

今年，深秋

一树的因缘修成了正果

枝头上挂满的是喜悦

又像是往事

秋风站在枝头上微笑

今天回家时，母亲高兴地告诉我

"红美人没有骗人

果大，皮薄，柔软

无核，多汁，很甜

邻居们都称赞

我送给他们的柑橘真好吃"

这个秋天，就是给母亲的馈赠和分享

她恨不得把美好的秋天分发给所有人

一只脚光着

不知是黑夜遮挡了我的眼睛

还是模糊了你的身影

浪漫沉醉在夜色的酒杯

真情一闪一闪地挂在星空

那些鸡零狗碎，那些小悲小喜

被善良的晚风吹散得无影无踪

取悦

从幕后到台前

我必须负责任地戴上面具

整个晚上，镁光灯下

上蹿下跳

为了取悦更多的人

我必须换上不同的面具

红脸、白脸、黑脸、花脸

在不同的人面前有不同的喜好

戏如人生

这是我与生俱来的天性

职业告诉我

面具是我不会耗竭的力量

我把这卑贱的存在当作目的

这不会是一种堕落的游戏

用他人的标准

评判演技水平

这是舞台上的生存法则

不受激情感动的戏曲冗长乏味

一旦有了跌宕起伏的激情

戏剧又在快乐中充满苦痛

我相信，生活让我走上舞台

不是一场悲情话剧

我是舞台的一部分

而你，是兴味盎然的看客

台上台下，四目相对

角色互换，我们成了彼此

曲终人散后

幕后的我，摘下面具

孤单的身影里

拿什么取悦自己？原来

我的内心如此单薄、脆弱

悦人难，悦己更难

生存法则

世界往往是这样

当你需要太阳时

却等来了一场风暴

需要一场骤雨时

却总被烈日炙烤

风，在城市的街道

不会听从你的使唤

被高低不平的建筑

赶着乱跑

不要埋怨墙头草两边倒

道德被生存法则绑架

爱情被肉欲奴役

行为在摆脱痛苦中循环挣扎

黄金和权力与善良无关

与华丽的服饰也无关

甚至语言和行为也会被欺骗

诚信与欺诈相互作用

又相互平衡和妥协

一只脚光着

（一）

我让一只脚穿上皮鞋

另一只光着

在纵横交错的街道上

走了很久，并且还在行走

好像街道在城市的上空

我努力把看到的、听到的

都揽入怀中，只是想证明

城市之于我正如我之于城市

我又在证明中把自己挥霍

我努力和街道两旁的房子交流

沟通，两旁的房子对我说

"来吧，这里可以安放你疲惫的灵魂"

我鄙视它，我对房子说

"再大的房间，搁得了我的忧伤

却搁不下我的胡思乱想"

软床上的梦并不比斑马线上的梦美好

我怎能对生命的公平失去信仰

信仰又在左右我的那双脚

那只光着的脚在左右我的信仰

（二）

走过斑马线，我

为两只远行的蚂蚁让行

走进城市的客厅，我

在众目睽睽之下接打电话

和那些并不相干的路灯点头微笑

谈论家国大事，好像没人在意

我是谁，我不需要知道

反正你知道，我一只脚光着

一种妥协止于另一种妥协

一种想象止于另一种想象

不要在妥协和想象中纠结脚印

于是浮躁，于是淡然

于是焦虑，于是平衡

所有的现实又在隐藏现实

一个城市的真实和虚构

需要关闭无数双欲望的眼睛

（三）

午夜，我找块石头坐下

跷起穿皮鞋的脚，那只光脚

还是贴在地面。若即若离

以证明生活的在场者，此刻

似乎忘记了与我一起笑过的脸
却忘不了和我一起哭过的诗
跟现在一样，与现实无关
诚信被欺骗再敲诈和利用

身边走过很多陌生的熟人
和熟悉的陌生人，我都看不清
不知是黑夜遮挡了我的眼睛
还是模糊了你的身影
浪漫沉醉在夜色的酒杯
真情一闪一闪地挂在星空
那些鸡零狗碎，那些小悲小喜
被善良的晚风吹得无影无踪

第九辑　一只脚光着

快递

把大包小包的世界

匆匆忙忙地

在大街小巷里分给所有人

一个也不拆开

一个也不留下

转身，习惯性地

一手扶住瘦弱的三轮车

一手捂住疼痛的胸口

此刻，有人还在虚拟的世界

下单，你试图抓住它

这无所不能的网络

恨不得把时间拆分

把自己打包

一并交给快递

却无人认领

风雨中独自站着的你

选择

那些被认为伟大的理想

一半是驱使，一半是

追随，所有的选择

选择着选择

都趋向于抽象

趋向于无解

我在城市的上空呼唤

却把自己的回声听成了

答案。一张张强势的薄纸

画上一个个脆弱的符号

是命运的巧合

是艰难历练后的一时冲动

抑或是被逼出来的无奈

而跟从内心的选择

鲜亮如刚出生的婴儿

时光缓慢，浪花退去

留下一片无痕的

沙滩，跟着时代的潮流

走着走着，你就会明白

保持平常的心态，阳光下

就是最好的选择

骰子的秘密

是与生俱来的天性

绝非随便想想的情商

与智商无关

高高地举过头顶

收拾好所有的道德和友谊

包括谦让、忍耐和贪婪

只剩下无法用理性推断的期待

落地成雨。然后洪水泛滥

黑洞里走出一头狮子

野猪和一个怪兽

在荒原上一边下注一边逃窜

在祝融寺

海拔 1300 米的地方
祝融寺的菩萨
庄严肃穆地坐着
俯视着天下苍生
并肩负着掌握生死的重任
总是沉默不语
又似乎直抵灵魂深处
不要狂妄地祈求长生不死

菩萨面前
人们小心翼翼地
跪下、匍匐、叩拜
这一晃而过的光阴。其实
人生更需要的是忏悔和宽恕
或者审视。尼采认为
当我们满怀爱意
每一刻都将成为永恒

短诗三首

钟表店

如果时间听从你的使唤
可以售卖，有售后
多好

钟表

你总是在原地画圈
始终走不出
善恶有报
周而复始的循环

时间

不声不响
怎么和你沟通
你走你的
我走自己的路

清理抽屉

用心灵的钥匙

打开已经塞得满满的抽屉

阅读着那些陈年旧事

有些东西可以找到记忆

有些记忆却总找不到东西

整理着整理，小心翼翼

迷茫时寻找真情

清醒时又需要背弃

在时间的序列里

回首望望自己的背影

星空在无情地消耗每一个今日

语言、行为、情绪，亲情、友情、爱情

都堆放进抽屉

许多记忆成了无序的排列

那些五味杂陈的故事情节

有些需要清理

有些需要珍惜

是清理，还是珍惜

放在手心拿不准

即使这样

也要不断地把虚伪、丑陋、灰尘清理

让真诚、善良、朴实永存

铭记端午

假如怀才注定会不遇

你又何必留下《九歌》《离骚》

假如没有被流放

你可会写下千古绝唱

本是粽叶飘香的好时光

你却让这一天

染上了千年的忧伤

纵有万般委屈

千不该，万不该

你不该把一生的遭遇

都投向汨罗江

诉断衷肠

这条来自远古的河流

载着多少人的泪水

一代一代地传递着

不是因为你的纵身一跃

而是为了铭记你

不屈的忠诚和清正

还有那个时代的创伤

岁月的长河

还在流淌

屈子无悔

晨风招来的艾草和菖蒲

挂满了城市上空，瘦小而

装满风骨和忧伤的龙舟

在千年历史的长河中

竞相争流，天圆地方

是谁独立船头，为自己站着

为自己活着，为自己死去

那些士大夫、渔民、乡野村夫

那些忧国忧民的旧时光

那些执着的清正和悲壮

那些无所事事

都随江水义无反顾地流走了

江还在，不难想象

历史和现实达成和解

风从很远很远的地方吹过来

身后的江水在感动

屈子，无怨无悔

人间的冷暖一直都在

风来了
需要达成和解的东西太多了
比如树木在放弃一些困惑和执念
忙于删繁就简
我立于草木中，双手接过一片落叶
麻雀在东躲西藏
风毫无防备地闯入我的胸口
让我羞于谈论无足轻重的往事

雪来了
需要掩盖和忘记的东西太多了
比如裸露的河床和瞬间的诗意
在等被一场白色的梦覆盖
我漫步堤岸，尽量保持一点
有温度或者有价值的记忆
雪花肆无忌惮地掉落在我的发间
没有比雪花更纯洁的向往

谁不向往风花雪月的浪漫
谁不向往生活里有诗和远方
这些都不是随意取舍的秘密
时间没有生死，岁月脱胎换骨

黑夜，摘不下浅薄的面具

人间的冷暖一直都在

风在刮，雪在下

我拿什么来为今冬御寒取暖

此刻，应该有一杯烈酒

掺着地面上的落叶

堆积起来点燃

第九辑　一只脚光着

搬弄花草

山顶上，自由自在

搬弄花草，搬弄一隅小天地

也搬弄坦坦荡荡的时光

或长，或短

或深，或浅

是非留给别人去搬弄吧

来来往往的尘世间

别人都很忙，你却不

流云划过十指

有着心痛的撞击

那是多年前的事情

正被河流带到更远的地方

卸下妆容，独处

更深爱自己的本色

也许，是内心里的某种执念

让你从喧嚣中挣脱

山顶的阳光不慌不忙

一切目的和意义

只在意平平常常的态度

光和黑夜

这世界，光和黑夜

犹如现实和虚空

都不可或缺

夜已到来

啊，我竟然必须是光

我渴望黑夜，也渴望光

镜子面前

镜子面前，我看见
自己在极力地掩饰自己
一次又一次，叫不应镜中的我
镜后，是闪烁的星辰

仿佛是仿佛，仿佛又不是仿佛
我讨要生活阅历和生命意义
看到了沟沟壑壑的自己
却无法看清沟壑里面的心路历程

放大一点，再放大一点
孤独还是陪伴着孤独
模糊一点，再模糊一点
晚风继续忙碌着它的忙碌

那里有往事无数
一场秋雨过后，我小心翼翼
生怕从内心深处喘出的粗气
淹没自己。镜子面看不到身后

π 如人生

突然关心圆周率

直径是常数

周长也是常数

两个简单的常数相除

却成了无穷无尽的非常数

π，让世界变得扑朔迷离

人，是否亦如此

在一起比，方圆之间

才让世界神秘而精彩

那些未解的事物

在这个复杂而沉甸甸的秋天

正缓缓展开、推敲、演算

别人最大的自由

是你看的自由

每一个人的心中都有 π

被别人求解，求解别人

接受着

我的日子正被一层层看开

爬山

一半是努力，一半是跟随

许多赤足攀爬过你的人

总想留下些什么

转身还是走了

我站在幽深的峡谷

听见地心的喧嚣

听见螺旋式向上的力量

这里的许多事物和我一样

有一颗世俗的心

青苔、碎石谦卑着

瀑布、落叶却很张扬

慌慌张张的蝴蝶躲躲闪闪

当忽视这些时

谦卑和张扬都无从谈起

不知天高地厚的我

仰望着云雾中的虚幻

只想等待一个伟大的发现

又感觉永远不会来

我们的世界互不相欠

我还是觉得惭愧

好似我欠你的比你欠我的多些

一场秋雨一场凉

许多枯枝落叶

樟树的、桂花树的、梧桐树的

还有不熟识的

在孤寂的河岸随意堆积着

流水也卷走了一些

疲惫而干瘦的树枝上站着

虚空的时光

时光纠结，落叶记录枯黄的纹路

大地苍茫，秋风收集疼痛的碎片

河岸上，走走停停

我不知道有什么事情会发生

阳光正艰难地滑向地平线

我与不同色彩的寂静碰杯

以旁观者的身份置身其中

那些高过枝头的企盼

那些迎面吹来的风

满腔的心事，没人会听你诉说

此刻，又一片落叶

在空中划过一个残缺的弧线

你必须接受

渐行渐远的残缺才是世间的真相

台阶上都不容易

难以攀爬的

不只是脚下这石阶

还有高高在上的峰巅

以及无法触及的浮云

上一个台阶已是艰辛

谁能料到峰巅上如此寒冷

让人惊恐的

不只是脚下的石阶

还有幽深的峡谷

以及蜿蜒而去的溪水

下一个台阶是惊慌

谁会去理会山谷里的卑微

台阶如赌场

人世间无处不是台阶

仰望着高处的孤冷

俯视着低处的卑微

梦幻和现实之间

周围的事物总在注视着我

坚硬而柔弱的石阶

无论是上或者下都不容易

丛林好汉

苔藓，孤黑，奇冷

丛林深处

在一棵参天大树下

卸下所有泥石，并与这世上所有的

生命、青苔和藤蔓擦出火花

陷阱和杀戮无处不在

恐惧像死亡一样在黑暗中疯长

无时无刻，这世界充满艰险

生存的手段，需要搏斗和抵抗

更需要谎言和伪装

或者顺从，或者逃跑

识时务者都是俊杰好汉

外卖哥，下单

黑里透红的手臂还提着

没有送完的纸袋

留下了一句语速很快的台词

"您点的外卖已放在门口"

我只见到了你的背影

脚底生风，走得那么坚决

那么自信，那么匆忙

穿梭于命运的大街小巷

单瘦的背影，沉默不语的订单

捆绑着这个城市的等待

拥挤的街道，形形色色的行人

水泥地上找不到你留下的脚印

烈日下，这个城市的订单太多、太重

太快，你总在重复着送达

那生命中永不停歇的陈述和表达

手执订单的你，夜晚来临

你是否会伸出那无力的双手

抓住一缕城市的风

对着星光诉说

时间和空间重叠起来的故事

茫茫人海，我们都背着订单
背着心事，背着故事

从某个地方出发赶往另一个地方
生命有如这外卖，我们都在
不停地下单，又在不停地送外卖

光和黑夜

光把我从梦中唤醒

我知道，那不是开始

而是告别

晨曦并不会治愈孤独

一寸光阴一寸压力

我知道铺满光的压力

来自欲望在追求欲望

我知道我的贫乏和窘迫

于是，我从索取中

获得快乐

黑夜已经来临

它并不会把欲望吞噬

我的灵魂

天马行空，到处偷窃

我的双手在热闹的黑夜

找到了轻松而别致的差事

所有金色的欲望

在一一实现

美梦成真，梦醒时分

我只是一个局外人

光在荒芜的太空绕行

它与黑夜说话

这是同一个世界吗

似乎生活在不同的世界里

这世界，光和黑夜

犹如现实和虚空

都不可或缺

夜已到来

啊，我竟然必须是光

我渴望黑夜，也渴望光

第十辑　光和黑夜

等

黎明时刻，等太阳从东方

升起；干旱季节

等一片乌云掠过头顶

傍晚时分，等心爱的人

走进甜蜜的梦里

自幼及长，教室里等放学

考试后等成绩单

长大后等就职、升迁

在生计上等柴米油盐

商店、银行、车站、医院

有形的和无形的，那些小窗口前

我站在长长的队伍中缓缓挪动

就这样，为了生活

不得不耐着性子，在等

那些漫长的时光中

是煎熬、是无聊

抑或是动力、是希望

我贫穷的身体和灵魂，长在阳光下

主动的、被动的

都是在想象中展开理由

你来呀，一个声音四脚离地

停栖的客轮没有回声

其实，很多时候

我的梦想就是离开

曾经亲吻过的日子挤满津渡

人生一半是记忆，一半是等待

一切在期待之中

一切也可能在意料之外

大多数时间里，总是悬着一颗心

在等，等待什么

可能自己也不知道会是什么

也许，也许等来的不是我想要的

甚至是无可奈何的结果

等，又可能常常落空

我无法回到逝去的青春

正如无法提前支配明天的光阴

不知道一个人需要犯多少错误

才能安全度过一生

心脏停止跳动之前

我不能一无所等

剪枝

望着修剪下来的枝条

像散落一地的诗歌

有些让人心痛

风声很疾，混乱中

渐渐清晰的树冠叶片张扬

又让人兴奋不已

庭院中，给一点温柔

让脆弱的眼神和单薄的声音

抚摸我们焦虑不安的心

四月的风，在相互指认

春风得意时，需要

一把锃亮的剪刀，时刻准备

将那些疯长的欲望，删繁就简

断舍，有时是春风里的良药

无题

我越过高山
却从未越过自己
我泅渡过江河
却从未泅渡过时光

我走过很多路
赏过很多景
我也曾错过花期
错过雨季

太阳每天从来的地方来
又在去的地方去
月亮总是跟在太阳身后
星星好像没有归途

假如所有的故事不需要情节
假如所有的结果早已定好
人生之于天地之间
就如白马在蚁穴中奔跑

今夜，偶遇孔明灯

晚风习习

一群年轻人来到湘江边

点燃向往的焰火

并许上一个小小的心愿

注入无限向上的勇气

然后，小心翼翼地

把轻薄的羽衣

送给夜色

让它们化作追星的光

升腾，升腾

我目不转睛地盯着

这诗意的夜色

这黑夜里摇摇晃晃

冉冉上升的愿望

有如舒展的梦

像在邀你一起私奔

飞翔吧，带上美好的祝愿

此刻，我想

黑夜里升起的孔明灯

是不是照亮世界的眼睛

我以游泳的姿势过立冬

北风吹过江面

细浪不知疲倦地翻找着

尘世间的冷暖

我喜欢这种舒展的水

听从冬天的招呼

我赤身裸体地跳入湘江

让这一江长河的冷

刺激身体里的细胞、血管、精神

还有缓缓冬眠的时光

寒意瞬间侵袭全身的毛发

我必须尽力划动

才能抵抗这刺骨的痛

我不是亡命之徒

只是想让自己在生命的长河里

时刻保持游泳的状态

在季节的变换里

更好地去接受世间的冷暖

上岸后，早点摊上

来一份热气腾腾的水饺

就以这样的方式过立冬

第十一辑

小雨伞

不是所有的茶都能

泡出故事

除非，你在

我才愿意陪你烹雪煮茶

小雨伞

天空下着小雨

我想起，你送我的那把小雨伞

走出窗外，我把它举过头顶

不去望天

不去望伞外的那片云彩

伞下的世界

我感觉小了很多

小得那么温暖、满足、自在

找个种榴莲的嫁了

我没有太多想法

只想找个种榴莲的

把自己嫁了

每天到榴莲地里去溜达

白天，你望着我

我望着蓝天白云发呆

种下梦想，收获渴望

晚上，我抱着你

在榴莲树下说故事

数着星星，期待浪漫

我不需要太多

更不在乎别人怎么说

只要我陪着你，你陪着我

朗诵入口即化的诗歌

咀嚼历久弥香的爱情

还有你亲手做的榴莲千层

第十一辑 小雨伞

除非

不是所有的茶都能
泡出故事
除非，你在
我才愿意陪你烹雪煮茶
然后，畅所欲言
我一直相信造物主的存在
或许，这是岁月情深里的
远近各安

不是所有的夜色都会
撩人心弦
除非，你在
月亮和晚风，还有你
我都想轻拥入怀
一起筑梦
你是夜色退去以后
更加动人的所有

佛说
和有情人，做快乐事
别问是劫还是缘
有些温暖，需要时间

需要空间

我相信

酒是治愈一切的良药

你是我幸福快乐的二分之三

风筝

蓝蓝的天空中

你是一幅多情的画

白云为你作伴

流水为你弹琴

沙滩上

我随你奔跑

在童话般的世界里

任你尽情地飞翔

纵然风中没有雕栏玉砌

我也要为你系上美丽的蝴蝶结

不管你飞得多远多高

手中的牵挂的线很长很长

天空中如果感到孤独

杨柳岸边

我始终为你准备肩膀

泡温泉

三月的小雨
把自己带进了温泉池里
脱去负重而羞涩的外套
此刻
好像什么都不需要
你来自何方
这么清澈透亮
不冷不热，刚刚好
还夹杂着淡淡的硫黄的味道

在浴汤里似醉非醉
精神和灵魂一并浸泡
洗掉了世间的尘埃和喧嚣
却洗不掉内心的欲望
温泉池里又怎能
愈合身上的创伤
让内心寄情于山水
你并不是个孤独的旅行者
头上的光环也不重要
人生不需要奢侈
有一池温泉便够了

和顺随想

正如你的名字
令人无限沉思向往

青石板路上
读不懂历史的故事
倚着粉墙
听不到远古的声音
撑着小雨伞
走不出幽深的小巷
窗外早已苏醒
时光仿佛已静止
远处的牧歌
随晨风在梦中摇荡
一个真正可以放松心情的地方
我不想打扰你
是你自己征服了自己
再好的相机
也拍不出你的娴静
我只想和你默默对视
你不说，我也不说
让心灵走到一起

烛光下的你

那一抹浅笑

在烛光下摇曳着

少有的淡定和安宁

山一程，雨一程

渴望，在月黑风高的夜晚

诵经修行，于时光深处

听凡尘落素，看岁月静好

生活的阡陌，无人改变得了

纵横交错的曾经、画里、话里

一条崎岖的山路，只要心之所往

便是人生的驿站

渐行渐远的记忆里

笑过、哭过的故事

演绎成了坚强和淡定

那些不忍遗忘的情

在烛光下成了风景

别给内心太多的重负

轻回眸，在喧嚣的尘世

找一个合适的地方，安放心情

赤水河畔

有太多太多的神奇故事
比如 1915，比如
破碎四溢的馨香
在这里，发酵
左岸是酒窖，右岸也是
彼此如猎手和猎物
相互对视。赤水河畔
夜色是一张迷人的脸庞
在山峰与山峰之间
四面八方包围着的
是酸甜苦涩的流水声

小镇上，到处弥漫着
绵柔的酱香
我情不自禁地跳进
似醉非醉的赤水河畔
洗涤、浸泡、发酵
当我爬上岸时
惊讶地发现
天上人间犹如一张巨网
是否会在
不曾到来的某个夜色里
出走，或者沦陷

百合蓝颜，懂你

不在等待中出走

就会在百合里燃烧

赤水河畔

不知道酝酿了多少岁月

今天，我再加一点点柔情

和美好的愿景

小心翼翼地把握好

温度、湿度，还有幸福的配方

我一直在努力兑现

你想要的清香和淡黄

酿造的过程，滴答的声响

如欢快诙谐的钢琴调

穿透星空，等你

夜色里的莞尔一笑

都说三分酿，七分藏

百合蓝颜

一半由天，一半由你

喝也好，藏也好

七夕情话

（一）

什么情况

今晚，满天星辰里

黑夜变得斑驳

人们纷纷将酒杯里的

那点断片的醉意

以及最热诚而强烈的欲望

扔到了银河的彼岸

微风拂过

鹊桥拥堵，这个世界

这个永不完美的世界

月光里的鹊桥下

永恒的价值和尺度

总是在演绎

一个永恒的话题

距离，才是亘古不变的情话

（二）

没有比鹊桥还长的桥

没有比七夕更长久的思念

三百六十五个日夜守望

不为占有，不为奉献

忘记信仰，忘记倦怠

只为鹊桥一见

让月光想入非非吧

星星离我很远

夜长梦多的情话

抵不过与你的指尖触碰

（三）

星河的另一端

遇见的，肯定不会是我

而我，今夜，离你最近

就隔着一个传说

不需要鹊桥

也不需要你走过来

男女私情是有毒的药

你的毒，只能种在我的心口

让我独自感受真实而无解的疼

疼痛连着心甘情愿

这不是牛郎织女惹的祸

月光

捧一把银色的月光

一直想追问你

尘世之间，月圆之夜

那些最动情的故事

是故乡还是他乡

是杯影，还是月光

请给我一杯你酿的老酒

让夜色发酵

向日葵

太阳已被你跟丢

是否会忧郁地低下你的头

请不要再去伤害月亮

伤害深情吻你的晚风

红月亮

夜，无言
有多少语言和往事
在微笑中消融
我们匆匆走过夜色
打捞不起遗失的繁星
红月亮，一晃
再等千年

沐浴着你的光芒
我知道，只有
读懂时光的等待和坦然
才懂得牵挂和感恩
一千年太久
又似乎只在朝夕之间

所有的声音都在心里响起
关于春天，关于爱
关于思念
花开，远方
越寂静，越喧嚣

夜宿西江

世间总是这样

有故事的地方才会丰富多彩

让人流连忘返

比如，这西江苗寨

是很久很久以前，寨主

给西南大地

写的一封读不腻的情书

文字碎片散落在山间、涧边

或者某个吊脚楼上

丰美和单纯、天真和神秘

欢愉和澄静

是那么自然而然

触手可及处都可揽入怀中

走在西江苗寨

我们只是萍水相逢

看见漫山遍野的人都在找寻

此刻，我想起黑塞说过

"在山谷中，如果

你寻得至高无上的幸福

就回来教我修习"

今夜，我坐在风雨桥边

借着星光，碰碰运气
留下，或者带走一点故事
我想，有故事的人生
能让灵魂有趣而倍感珍爱
晚风吹过，我没有惊扰任何人

在乌蒙大草原上

"乌蒙山连着山外山

月光洒下了响水滩"

草地上，风四处煽情

疼痛无处藏身

空旷苍茫的天空下

每根小草都相互蔑视

又相互奉承

它们都希望自己能再高一茬

却都匍匐着

那些卑微，那些渺小

那些纠缠不清的纷乱心事

时刻准备着

有尊严地活着或者燃烧

直至最后的焰火

散失在时光的隧道里

一场新雨过后

这些奋力向上的

众生都含着泪珠

仿佛某种熟悉

且已麻木的记忆

立于草丛中
悲悯时哭泣，高兴时落泪

人们在草地上行走
留下一个个长长的身影

在湘江边赏月

今夜，一轮圆月

一半照着我

一半照着我的梦影

我知道，必须得在月光下

我的告白

才会有悠长的馨香

才会沁入你的梦乡

站在长堤上

月光是如此的干净

借着它

我却没看清彼岸的你

分袂亭前

今夜，分袂亭前

霓虹灯如闪烁的星辰

攒动的人群

没有去看朱熹和张栻的雕像

建宁大舞台上唱着花鼓调

游园赏月的人群

似乎忘记了故乡和他乡

忘记了今晚的月光

月亮是治愈孤独的良药

今夜，我没有那么矫情

也不想倾诉我的秘密

包括那些沧桑的乡愁

或者淡淡的忧思

把月光还给月光吧

桂花树下是幽香浮影

虚实之间是一笔情债

"我在写月亮和月光的时候

想到了你

我知道，你不会相信"

月亮是治愈孤独的良药

我的院子不大

刚好装下一个月亮

我就在这里，爱你

诗意行走

我有大把的时光，走在陌生的路上

一会儿与草木为伍

一会儿与遍地的碎石交恶

晒秋

秋天，是用来晾晒的

依依不舍的夕阳

在漫不经心地处理一些旧事

这些饱满而丰富的色彩

折叠在一起做着慵懒的梦

南来北往的风，吹出一些声响

被尘埃盘点过的人群

被尘世忍隐的忧伤

还有那些惧怕晾晒的愿望

混杂在一起

一半来自泥土，一半来自星空

大山深处，面对静下来的深秋

想起浮躁的酒杯

喧嚣而易碎的梦想

此刻，夕阳无声无息

在田埂上可以走很远

屋檐下却无法走过一堆茅草

你在这里，它就在这里

你走过去，它已经跑在你前面

晒秋老人

佝偻着的身影

在夕阳下

拉长——拉长

沾有泥巴的手指

如待珍宝般

翻动茶籽、玉米、辣椒

翻动方言

翻动家长里短

活着，看似漫不经心

从未见过你伟大的壮举

如一幅厚重的油画

你在画里，我在画外

什么都不说

并不想打扰这份属于你的喜悦

属于你的宁静

我远远地读着你

读着已经虚空的树枝

和谦卑的田野

好像什么都来得及

又似乎什么都无能为力

人世间的点点滴滴

如只有结局没有情节的故事

在秋天晾晒

渡口

世间被江河分为此岸和彼岸
从此，就有故乡和他乡
就有摆渡船

两座山分别站在一岸，互为背景
又像两尊打坐修行的佛
相互打量着彼此的生死
船行江中，留下孤独的渡口

风在江面上分不清此岸和彼岸
流水从不关注自己的身影
选择水路，必须懂水性

时光渡来渡去，摆渡人
重复着摇晃渡口与渡口的风声

坐上高速列车

舍近逐远

当灵感点燃不了激情的
火花，当熟悉的面孔满足不了
贫穷的想象，梦想
不是浮藻，不需要理由
诗歌。在陌生的远方
万马奔腾，百草芬芳
这是多么令人心旷神怡的光景

兴高采烈地坐上
高速列车
前往，从没有去过的地方
一场那达慕大会在草原
拉开序幕，战旗猎猎
风雨兼程，去寻找陌生的折腾
舍近逐远是我的天性

身不由己

我和车，注定要身不由己
沿着被锁定好的

1435 毫米的轨道，向前

奔跑远行，迎面

吹过的新鲜，被玻璃挡在

外，掠过的田野、高山

树木、村庄、桥梁、隧道

还有云彩和故乡

都在向后狂奔

远方的想象，远胜过

一晃而过被忽略的风景

此刻，我算是有了方向和目标

却错过了一路的美景，它们是

漫不经心的匆匆过客吗

暗暗算计着行程

形形色色的期待和欲望

或者烦恼，或者喜悦

都往车上挤，有人

在调侃时事、新闻、股票

有人在玩手机游戏

有人闭目瞌睡

有人心不在焉地翻阅小报

商人、游子、村夫

学者、工人

雅俗同归，饶有兴致

或者无聊，消磨着

到达目的地前的多余光景

历经不知名的小站，有人走

有人留

列车在继续前行

窗外的色调，经历了由冷而暖

由暖而冷的互换

我在车上，不在你的掌心

促狭的车厢，拥挤

常常思维短路

我，时而闭目养神

时而想象远方的陌生

心居逆旅，行程越来越短

目的地越来越模糊不清

一切都还在车上

我暗暗算计着行程

徒步吧，2019

因为陌生所以向往

诗和远方，引得无数的深情向往

春，在吉首，在矮寨

风吹过梦幻的峡谷

青翠的山色也吹过来了

崇山峻岭中四上四下

栈道上心比天高命比纸薄

全是惶恐

风雨泥泞中跌跌撞撞地走进德夯

听苗寨姑娘的悄悄的情话

进十八洞村，感慨新时代乡村如画

都说男人如山，女人如水

这里的山空气清新，溪流冰洁

足够你忘却尘世的辽阔

足够你洗涤沾满泥泞的双脚

夏，在溆浦，面对渡口

世界被江河分为此岸和彼岸

从此就有了故乡和他乡

就有了摆渡船渡时光来往

爬山，涉溪，过玉米地

走走停停，我没有急于赶路

走破的鞋一直跟着我

爬一天的山，山顶上

并没有站得高看得远的虚荣

全是这山望向那山高的无奈

山脚下，夜色很深

帐篷朝南、朝北，数满天星星

睡在天下何必分清东西

秋，在炎陵，灵峰深处

经密花，爬铁瓦仙，上云上大院

百草喧闹，洣水悠悠

穿过万亩竹林和千年红豆杉群

穿过闲逸僻静的光阴

清风吹着我的俗念，满山的黄桃

等待采摘的野果挂满云端

在神龙飞瀑前，蜿蜒向远的水

我感受到时光跌跌撞撞

生命源远流长

冬，到泸溪，朝霞把沅水照得通红

漫山遍野的橘子挂在干枯的树枝

熟悉的事物在陌生的山路中

包括山茶花、野果、山竹，还有炊烟

山脚下已经空荡荡的田野

留下半截禾兜在等待枯黄

初冬的阳光透出橙色的清凉

在千年浦市的古驿道上

我没有去看沈丛文的湘行漫记

青石码头上，我什么都不必去想

最好忘掉游移的山影和昨晚的雾霜

黄昏时刻，天际轮廓线

才可以安静地凸现，山的那一边

一定还有一堆熊熊燃烧的火焰

春的繁花，秋的果香

夏的烈日，冬的暖阳

春夏秋冬四季在交替，我一直在徒步

徒步吧，2019

我有大把的时光，走在陌生的路上

一会儿与草木为伍

一会儿与遍地的碎石交恶

我没有和身边飞过的麻雀

和连着草木与树根的事物纠缠

也没有委屈自己去讨好某些事物

坚持，是徒步路上最重要的突破

身处荒野或者头顶星辰都不言对错

我的目的只是徒步，苦乐行程中

我超越过许多熟悉的、陌生的事物

可从没有把阳光下自己的身影追上

我用双脚丈量三湘四水的厚重

用诗歌减缓越走越沉重的脚步

更多的时候，我用徒步祭奠远方

在云上大院

穿过万亩竹林

穿过闲逸僻静的光阴

清风吹着我的俗念

纯净甘甜的涧水

一路上，伴我踏叶而行

经密花，爬铁瓦仙

碧绿的山水

野性外泄，近乎狂放

那片千年红豆杉

好似一双双瞳眸

在反复注视着

不知名的苔藓、草甸

还有，山坡上

黄桃树迎风纵欢

守护着这里的桃源洞天

田间地头，到处都冒出

可以烹饪的野菜

欲望，以及妈妈的味道

缕缕炊烟

让山水、村庄

还有信奉阳光的人

充满无尽的温润、灵动

缠绕，遐想

借宿云上大院

清风入梦，草木情深

我知道，生长野性的地方

也生长质朴和善良

神龙飞瀑

倾泻而下，蜿蜒向远的水

有如一条巨龙

在茂密的丛林中游弋

是逃脱，又像是张扬某种叛逆

千年红豆杉

挂不住思念的飞瀑

光滑厚重的顽石

留不住飞溅的浪花

神龙飞瀑

沉重而任性地

顺着清晰的纹理

连接天地

让生命源远流长

让时光跌跌撞撞

石头会说话

有多少颗石头

就有多少个形态

岁月在打磨着细节

打磨着人世间的

千奇百态

此刻，你可以坐着

也可以躺下

倾听来自石头里面的声音

或者，喝一口

石头里流出的甘泉

或者轻轻走过

千万不要去尝试

背着这沉重的石头

那些混迹俗尘的语言

那些高过枝头的企盼

在大山面前

会显得，微不足道

在北京导航

火车有些兴奋

一整晚失眠

从南方小镇跑到北京

已是清晨，出车站

晴朗的天，淡淡的云

扑面而来的清新

轻抚着一些紧张的心情

偌大的北京城啊

高楼大厦密密麻麻

大街小巷纵横交错

老旧胡同七弯八拐

立交桥一层叠着一层

人来人往，车流不息

直行，左转，右转

往北，往南，上坡

前方有红绿灯和违章拍照

前方有一公里拥堵

进入辅道，再进主道

就这样，我牢牢地

抓住北京导航

抓住春天发出的信号

那本诗集、那个声音

无比清晰且带有磁性

一路上，我没有

走错北京的繁华和方向

北京，北京

心怀感恩的陌生

带给我一路亲切，一路惊喜

湘西探秘（短诗七首）

大山

秘密藏在峡谷深处
我却在高架桥和涵洞里穿梭

不管是地下冒出的还是天上掉下的
山的那边还是山

背篓

背上背篓
也背起了整座大山的厚重

芙蓉镇

谁家的吊脚楼上挂了瀑布
谁就是土家的王

米豆腐里没藏秘密
我们却被土家姑娘骗了很多年

里耶

竹简上并没有这里的记载

恐高

站在矮寨大桥上
不敢看矮寨

上下左右都是空的
迎面吹过来的也是乱风

凤凰古城

青石板小巷
就这么长
凤凰古城里
觅不到凤凰的翅膀
沱江两岸走一圈
也成不了湘西的王

沱江泛舟
装满了两岸的情话
风雨桥下
约不到苗寨姑娘

时间是自己的
可以坐在古城墙上发呆
也可以去周边的苗寨
怎么花，你自己定
来古城的人和古城的人
晚上一般都没有睡意

吊脚楼

藏在阁楼上的情话
早已被写生的画家赶跑

穿上精美的苗服
你就是美丽动人的苗家姑娘

夜色下的芙蓉镇

从这条小巷，走出

又是一条小巷，拐角处

是风雨桥，桥上

一把花雨伞，在夜色里

开始迷失方向，这里的人

来这里的人，好像

都没有睡意

沱江两岸，灯火通明

青石板路上，叠加的脚印

没有古今，莞尔一笑的

都是陌生的熟人

酒吧，似乎比路边的烧烤

更富有热情，民族鼓

只有自信，古镇上那一身苗服

比背篓里的红心猕猴桃

更吸引人，吊脚楼里

多半是一些相当廉价

各具特色的随性消费品

至于蚂蚁，在青石缝里

拥挤，倚着古墙

情缘自浅深，返回的路上

一直在想念边城

我在边城，我的边城

边城里的边城

一念一清静，一步一浮尘

龙凤庵——起风的地方

田野上，我就是雨

也是阳光下的一抹影

可以生长，可以行走，可以宁静

三棵枫树

出城向南，十五公里处
有三棵参天枫树

一百年前，伟人毛主席
坐在枫树下沉思
以树枝当笔，以枫叶为纸
奋然写下湖南农运考察报告
从此，中国革命有了指路明灯
沉睡了几千年的农民
开始觉醒，龙凤庵的木菩萨
被劈成了柴火，星星之火
燎了中华大地

披着红色光环的枫树
历经百年风霜雨雪
仍然不忘初心地站在村口
更加坚定，更加自信
那随风吹响的枫叶
似乎在告诉路人
一切为了人民，一切依靠人民
人民才是创造一切的原动力

出城往南，十五公里处
好高的三棵树

丝瓜棚下

微风吹过

所有的清香

都吹到了心坎上

在这里，每走一步

都在刷新认知

丝瓜棚下，秘密

隐藏在那里长达八个月

次第开放的花

时光深处

窃窃私语的藤蔓上

总能结出意想不到的微笑

葡萄园

你若不来

不要诋毁它的味道

酸甜，与生俱来

风也吹不跑

葡萄架下

藏着无数双含情脉脉的

想你的目光

足以安抚你燃烧的激情

藤蔓上，看不透

挂在光影里的串串青涩

屏住呼吸，倾听

叶片缝隙里

飘出了神秘的遐思

或者喘息

如果你能听懂它的心跳

就不枉，虚度时光

稻子熟了

面对它们

我有些满足、兴奋

最朴实的田野

历经春夏，到秋

几乎花了一生的光阴

就是为了黄袍加身

然后低下身子

在浮云白日下频频颔首

是在告别吗

村庄凝视

时光并不会停滞

你把祝福写在饱满的稻穗上

坝上，我却找不到

一朵可以相送的鲜花

请把藏有丝丝念想的稻秆

留下吧。埋入大地

回报这世道轮回的养育之恩

就让那袅袅升起的炊烟

为你送行

脚上沾满了泥土

秋天里行走

在一处草堆旁

坐下，发呆

不要问我有多少收成

也不要问我的思想和情绪

那些都了无意趣

如果你真想聊一点什么

最好把时间忘了

趁大雾未至

我先看看你的骨骼是否硬朗

阳光慵懒

秋虫弹奏着迷人的乐章

天色已晚，牛羊回栏

行走的双脚沾满了泥土

古井情深

没有人能说清楚

是谁，什么时候

在淡家冲的山脚下

留下了一口井

从此，它成了所有人的中心

漫山遍野的草木有了灵性

像一面镜子

心甘情愿地站着

从未动过，从未枯萎

也从未蔓延

任光影和云朵轻轻飘过

照看来来往往的乡愁

一批又一批村民

纷纷驻足，从井里

提起一些沉淀过滤后的心情

炊烟和山野

被黑夜的颜色抹平

摺在山野里的星光任人品味

放下农具，以井为杯

摇曳着村庄的记忆

泛起层层坐井观天的事情

喜忧他们分享，困顿他们商量

那些不在场的人被提起

或悲或喜

秋分

（一）

风吹过，时间是钟摆

指针辨认方向

姓氏，犹如树上的叶片

都有向往大地的重心

仰望着天，山是影，树是烟

我与秋风把酒言欢

风在时间里摇晃

点着一支，永远抽不完的香烟

虚荣和浮华

像一点一点消瘦的烟灰

正缩短彼此的距离

河水，也开始慢慢变凉

（二）

秋分，像极了

一个深谙世事的妃子

而我，并不是秋天的王

今后的日子

阳光少了，夜长了，梦多了

我的黑夜，总有抑制不住的冲动

想要得到你全部的偏爱

并不想，与谁平分你的秋色

（三）

光芒在村庄里行走

稻穗低下了高昂的头颅

秋天让世界更纯真

更清澈、更宁静、更放得下

天空把自己推得很远

蓦然回首，那些

春天的繁花、夏日的疯长

变成今天的沉稳

像极了我此刻的心情

屋场前已建好的小广场

在等待一场聚会

草堆后面的太阳有些慵懒

几只麻雀四处巡视

似乎需要与这个村庄达成和解

它们有着一样的善良

或者悲悯，低下头的样子

又像在给村庄点缀一个像样的秋天

群山之上是炊烟

我时常倾心于它们

就像我对时间的屈服

走进猕猴桃园

异香弥漫的枝头

挂满了深秋的青涩

轻轻摘下那缕缕思念

秋虫鸣唱，这个秋天

不会冷清

种猕猴桃的人说

猕猴桃是佛面、猴头、黄心

青褐色的毛皮上

有一层厚厚的茸

纵横交错的藤蔓上

我把秋天含成一滴蜜露

羞涩的毛皮下

包裹着清甜软糯的心思

像带妆的新娘

站在枝头迟迟不想成熟

出走，却惊扰尘世

秋风从眉间拂过

对你，我是一根自由行走的草

听流水对岸的倾诉

影落，你是秋天的王

全世界都愿为你糖化、发酵

乡村即景

乡村小路上

又是极其平常的一天
乡村小路上，我继续行走
小雨正稀释冬季
北风抚摸羞涩的树干
随处散落的叶片
像在编辑一首歌曲
那些音韵，那些乐章
季节能听懂
寂静的村庄也能懂

空房子

似乎没有交代什么
他们就匆匆地离开了这里
留下搬不走的空房子
留下来的老人们无力地
举着稻草，也举着无奈
是等待，是守护
喊不出的痛
或者需要寻找一些事物

填补这空下来的时光

还有，那渐渐老去的村落

冬季

温度骤降

明天的太阳

会捎来一点雪花吗

田间地头

总觉得有些声音在响动

似乎隐藏着什么

或者孕育着什么

需要的可能不只是时间

给我一杯烈酒

一天

早睡的梦不一定就圆满

一天又要过去

事情尚未发生

他只是在重复的动作里

让黄昏收留一个女人

以及那不明所以的摇晃

不是风

野草

流逝的光阴喊着痛

落叶掩饰不了季节的忧伤

慢慢地，卑微的野草

向无人耕种的田间蔓延

并逐渐扎下根来

手指的余光在颤抖

失忆是因为有人离开

人们还小心翼翼地

掩饰它

野稗

无数次地筛选

铲除

丰收节里

还是有几粒野稗种子

心安理得地

混进了我的粮仓

是不是

生长稻谷的地方

必生长野稗

正如

再善良的人，心里

也会藏着一些幽怨

雨，落在五月

风，推开五月的那扇窗
雨落在我的小村庄
也落在我的发梢
我确信，这些雨滴
比落在城市的更干净
更能找到自信
你看，山岗上、田野里
乡间小路上的雨
亮闪出晶莹的微光
那些荷锄劳作的人们
在微光中，若隐若现

走在田埂上
我问那些已经站好的秧苗
何处是坦途
何处是泥泞的沼泽地
我用雨滴燃烧自己的热情
用雨滴清洗卑微的光阴
那些不曾激情澎湃的日子
都是对生命的一种辜负
田野上，我就是雨
也是阳光下的一抹影
可以生长，可以行走，可以宁静

种下辣椒，取悦人世

气温骤升
我赶紧在这朴实的小村庄
种下一片辣椒苗

青的羞涩，红的似火
翠绿的村庄
一下子长出了色彩和快乐

我相信，无辣不欢
这不仅仅是一种味道
更是一种对待生活的态度

我知道，人生五味
用什么取悦人世
辣可以让人找不到忧伤

在椒田里装满酒杯吧
让一些沉醉的日子
擦亮夜色，点燃激情，忘却自我

这个夏天，我在龙凤庵
种下一片辣椒，种下人生五味
就等你来品尝

春耕

卷起裤脚，捋起袖子
从一处丘田到另一处
从容不迫地
种下一个季节
让时光在泥土里反思
想好了
它们就会钻出来
柔软的风，告诉我
即将破土的未知
是对春天的最好的倾诉

在田埂上

一只蝴蝶侧着身子

在寻找

野花繁衍出的心思

以及，嵌入尘世里的光阴

稍不留意

就会飞入田埂上的一条岔路

泥巴让我捏成一把汗

尘世并非与我无争

光影在浮动

亮出每根汗毛

泥土的主人啊

燃烧后的疼痛，无人能读懂

留下一段记录腐烂

腐烂后

还你一垄春色

我的果园欣然入夏

看过了一世的繁花

我的果园

不再需要花朵的装点

暖风吹过一些羞涩

花蒂慢慢地结出小小的果实

面对这无声无息的默契

此刻，我才明白落花的意义

以及枝条上悬挂的颗颗念想

进入夏季，果树下

我开始企盼

等，一树的因缘修成正果

了无牵挂的暖风

似乎比我的想法更多

枫叶红了

小时候

最喜欢把它做成标本

往课本里一插

以彰显自己的领地

它是儿时醒目的红色印记

仅此而已

长大了

又把它装进信封

清晰的纹路如缕缕丝线

再加一点廉价的泪迹

它成了肆意贩卖的心情

把思欲强加给你

而今，枫叶又红了

谦卑的风拂过

满地的残缺

似乎在苦苦参悟

红色的枫叶上写满了忏悔

且把烟火藏在心里

今冬，在龙凤庵种下油菜籽

村庄狭小，天空辽阔

秋虫开始蛰伏修行

闲不住的老农们

在已经闲置的田地上

熟练地弄出了整齐的垄沟

他们用自己的方式

打理秋冬时节的一亩三分地

然后，在瘦弱的时光深处

播下油菜籽

为的是让美好的事物陪着过冬

让每个如约的黄昏带来丝丝念想

让生命在大雪纷飞的时候

学会不屈和坚强

这是一件多么有意趣的事

此刻，在村庄的背后

我仿佛看到了一片花海

以及成群的蜜蜂、蝴蝶

还有飘舞的裙摆

其实，望着老农们脸上的沧桑

我也有些心痛

我想起了山花烂漫的春天

秋天快要过去了

庄稼已收割

没有什么要紧的事做

只有几只麻雀

还在空了的稻田里

翻找着遗落的梦

残荷立于虚空

像极了修行参悟的人在入定

阳光倦怠，却很温暖

站在木子坝上

静静地，任秋风掠过手指

我凝视着一片落叶

飘过晃动的光阴

有那么一刻

我想起了山花烂漫的春天

而那些浪漫而美好的感觉

似乎一直在心中滋养

"深秋有如初春"

后记

日月星河，凡尘微光下，我总是心怀谦卑、心存敬畏、心存愧疚、心存感恩。

整理完诗集，已是午后，阳光有些慵懒，我不敢把年龄拿出来晾晒。近二百首诗歌，都是从有关近几年的心路历程的诗歌中精选出来的，我还是深感自我语言的贫乏和思想的苍白，但可以负责任地告诉你，这些都是我在场的见证。所有的灵感都来源于生活的点滴，呈现我也好，隐匿我也好，再多的过失，或许能从岁月的沧桑里得到宽恕和谅解。

我们大都走在一条相似的路上，却误以为自己惊世骇俗。诗如其人，雅正如心。附庸风雅也是雅兴。通过诗歌，我努力用感性的语言进行理性的哲学思考，试图探索人性、爱情、自然的真相，试图解释人生的目的和意义：比如，"有时真实，有时虚伪／一半是疲惫，一半在浪费"这都是生活的需要；又比如，"男女私情是有毒的药"；再比如，"这世界是湿的／无论悲喜，都使用泪滴""那片落叶，因为被放弃／而活在我的心中"。

一路上，我把我的感悟和困惑写下来。倘若我的某些感想不无道理，我的态度还算诚实，我的文字还算朴实，我就心满意足了。我希望读者在阅读这本诗集时，能感受到我对世界的喜爱和宽恕，从中获得一份宁静与启示。

感恩诗歌，让我能以文字的形式记录生活的美好与复杂；感恩有你，你的阅读，让我更深信诗歌有着无穷的力量，更能激发我的灵感和想象力。让我们更好地理解并拥抱自己和周围的世界。

空旷苍茫的天空下

每根小草都相互蔑视

又相互奉承

它们都希望自己能再高一茬

却都匍匐着

凡尘微光下，我们何尝不是一株小草，不要否认，这就是人间真相。此刻，我在乌蒙大草原上写诗，写我六十年一晃而过的好光阴。草丛中，我不孤单，我不卑微，也不渺小。

以为后记。

图书在版编目（CIP）数据

凡尘微光 / 过德文著 . -- 海口 : 南方出版社，
2025. 6. -- ISBN 978-7-5501-9915-6

Ⅰ . I227

中国国家版本馆 CIP 数据核字第 2025XE8132 号

凡尘微光

FANCHEN WEIGUANG

过德文　著

责任编辑： 姜朝阳
特约编辑： 王美元
出版发行： 南方出版社
社　　址： 海南省海口市和平大道 70 号
邮政编码： 570208
电　　话：（0898）66160822
传　　真：（0898）66160830
印　　刷： 三河市双升印务有限公司
开　　本： 710mm × 1000mm　1/16
印　　张： 17.75
字　　数： 275 千字
版　　次： 2025 年 6 月第 1 版
印　　次： 2025 年 6 月第 1 次印刷
定　　价： 79.80 元